蓝盔勇士
——人民英雄申亮亮

欧阳华 著

吉林人民出版社

图书在版编目（CIP）数据

蓝盔勇士：人民英雄申亮亮 / 欧阳华著. — 长春：吉林人民出版社，2020.10
ISBN 978-7-206-17522-0

Ⅰ.①蓝… Ⅱ.①范… Ⅲ.①中篇小说–中国–当代 Ⅳ.①I247.5

中国版本图书馆CIP数据核字（2020）第173331号

出 品 人：常　宏
选题策划：吴文阁
责任编辑：李相梅
　　　　　郝晨宇
封面设计：尤　雷

蓝盔勇士——人民英雄申亮亮
LAN KUI YONGSHI——RENMIN YINGXIONG SHENLIANGLIANG

著　　者：欧阳华
出版发行：吉林人民出版社（长春市人民大街7548号　邮政编码：130022）
咨询电话：0431-85378007
印　　刷：吉林省良原印业有限公司
开　　本：880mm×1230mm　1/16
印　　张：12.5　　　　　　　　字　　数：200千字
标准书号：ISBN 978-7-206-17522-0
版　　次：2020年10月第1版　　印　　次：2020年10月第1次印刷
定　　价：55.00元

如发现印装质量问题，影响阅读，请与出版社联系调换。

目　　录

引　子　缺席的人民英雄 …………………………………… 1

第一章　沙场点兵 …………………………………………… 11

第二章　这里的战场静悄悄 ………………………………… 22

第三章　黄河那道弯 ………………………………………… 34

第四章　松花江头锁洪魔 …………………………………… 44

第五章　飘在军营的家 ……………………………………… 54

第六章　"绿巨人"偏爱"活字典" ……………………… 64

第七章　编外"副营长" …………………………………… 75

第八章　亮是一道光 ………………………………………… 86

第九章	踏着病魔冲锋	97
第十章	兵者荣耀	107
第十一章	血砺忠诚	117
第十二章	使命高于爱情	126
第十三章	西非战场	136
第十四章	习主席的话儿记心上	147
第十五章	马里夜空那颗最闪耀的星	158
第十六章	喊一声爸妈肝肠寸断	169
第十七章	英雄归来	180
附：给亮亮的一封信		194

引　子　缺席的人民英雄

1

　　一想到马上进京见到习近平总书记，正在黄河岸边挥汗如雨掰玉米的纯朴农民申天国和杨秋花，脸上的皱纹全都舒展开来，神采飞扬，带着无限期盼。

　　2019 年 9 月 29 日，首都北京，阳光明媚，花香馥郁。七十华诞的伟大祖国，祥和喜庆，一片欢声笑语。

　　身穿浆洗一新浅绿色军装的申天国，牵紧老伴杨秋花的手，心潮澎湃。从钓鱼台国宾馆迈上红旗礼宾车，携着黄河岸边温馨的泥土气息，缓步走进庄严肃穆的人民大会堂。

　　上午 10 时，金色大厅，掌声雷动。习近平总书记同国家荣誉称号获得者们走来了。申天国和杨秋花随着人群，向人民领袖恭敬肃立。

　　倏忽间，儿子仿佛来到了面前。申天国心里对儿子自豪地说：亮，我的乖儿子，你热血铸就的英雄壮举，党和政府不会忘记你，祖国和人民思念你，授予你国家最高荣誉——"人民英雄"！

习近平总书记依次向"共和国勋章""友谊勋章"和"国家荣誉称号奖章"获得者颁奖。

"听习主席的话，就要读习主席的书！"申天国常听亮亮这样念叨。今儿个，习主席就在自己眼前，那样和蔼可亲，那样平易近人！亮亮啊，你勇猛冲锋，你永远是个好战士！

习主席开始发表重要讲话，字字如金，敲打在耳鼓上、心田里，化成汩汩涌流的力量。"以国家之名，以最高规格，在这样一个特殊的时间节点上，褒奖英雄模范，就是要弘扬他们身上展现的忠诚、执着、朴实的鲜明品格。"

亮亮啊，最平凡的那个兵，伟岸的身躯成为北国里一棵挺拔的劲松。是你吗？坚守战位，显示了英雄的从容无畏！中华民族伟大复兴的征鼓咚咚，我总能看到你，依然英武执着，依然铿锵前行！

"忠诚，就是英雄模范们都对党和人民事业矢志不渝、百折不挠，坚守一心为民的理想信念，坚守为中国人民谋幸福、为中华民族谋复兴的初心使命，用一生的努力谱写了感天动地的英雄壮歌。"

亮亮啊，神圣使命融化在你骨子里，军人荣誉刻在你灵魂里。党的教导时刻牢记，在绿色军营中坚韧付出，对标新时代"四有"革命军人，磨砺出一副钢筋铁骨！

"执着，就是英雄模范们都在党和人民最需要的地方冲锋陷阵、顽强拼搏，几十年如一日埋头苦干，为国为民奉献的志向坚定不移，对事业的坚守无怨无悔，为民族复兴拼搏奋斗的赤子之心始终不改。"

是你吗？义无反顾，带着祖国和人民的重托，踏上炮火纷飞的西非维和战场。你为和平使命，为人类命运共同体，为马里基建挥汗如雨。迎风飘扬的五星红旗，化成西非最美的和平风景线。

"朴实，就是英雄模范们都在平凡的工作岗位上忘我工作、无私奉献，不计较个人得失，舍小家顾大家，具有功成不必在我、功成必定有我的崇高精神，其中很多同志都是做隐姓埋名人、干惊天动地事的典型，展现了一种伟大的无我境界。"

突如其来的汽车炸弹，惊天动地的爆炸声响起，相当于600公斤TNT当量轰然腾起火球，蒸腾的气浪崩裂。你顽强地坚守战位，拼尽一腔热血，只手将死神挡在营区外！

"一切伟大成就都是接续奋斗的结果，一切伟大事业都需要在继往开来中推进。新时代必将是大有可为的时代。全党全国各族人民要像英雄模范那样坚守、像英雄模范那样奋斗，共同谱写新时代人民共和国的壮丽凯歌！"

亮亮啊，你赤胆忠心地坚守，视死如归地冲锋在国际维和征程上。铁血使命扛在肩，霹雳滚雷勇担当。"人民英雄"，你当之无愧呀！

2

2016年6月9日，端午节。长春龙嘉机场庄严悲恸。暮霭沉沉，苍天垂泪，白花泣露。

战友臂戴黑纱，威武列队，沉痛悲壮；群众热泪滚滚，肃穆期盼，翘望长空。

亮亮回家了。搭载烈士遗体的中国空军运输机，抖落一路征尘，呼啸着穿云而来。机翼上的五星红旗尤其鲜红夺目。翱翔的银鹰带着祖国和人民的重托，饱含习主席的牵挂，穿越11个国家，往返27000多千米，横跨大半个地球，接维和勇士的忠魂归来。

如今，你回到了祖国温暖的怀抱。

马里当地时间2016年5月31日晚8点50分，万里之遥的西非马里，突然发生恐怖爆炸，冲天的熊熊烈火刺穿漆黑的夜空，加奥中国维和营地顿时支离破碎。

英雄的中国维和士兵申亮亮，在爆炸的关键时刻，临危不惧，迅速向值班室报告，立即拉响战斗警报，果断指挥战友开枪射击，并在爆炸瞬间将战友推离！营区得以保全，战友死里逃生，坚守战位的申亮亮壮烈牺牲！

尼日尔河依偎着撒哈拉哭泣，黄河遥望着松花江落泪。一位军中栋梁的倏然离去，夺走了两位白发老人的温情世界，掘开了滔滔无尽的泪泉。

"维和勇士忠魂归来，血性男儿浩气长存"。低回婉转的思念曲摧人心肝，雄壮的国歌慷慨激荡。中央军委为维和英雄申亮亮举行了隆重的遗体接送仪式。礼兵缓缓托举灵柩，鞠躬寄托最真挚的崇敬。芬芳高洁的白色花环寄托着国人沉痛的哀思。苍老憔悴的两位老人已然痛彻心扉。

吉林殡仪馆。撕心裂肺的痛哭声中，人们听到英雄母亲的凄厉呼儿声："儿子啊，你为国争光了，我们谢谢你！"

在部队首长慰问时，英雄父亲哽咽着说："儿子是为国捐躯，养兵千日，用兵一时。如果国家需要，我大儿子也可以送到部队。"

6月12日下午，烈士骨灰从松花江畔护送到巍巍中原，逶迤太行之阳，滔滔黄河之北。13日，小城温县，细雨飘飞，凉风呜咽，白色花瓣忧伤，缠臂黑纱哀念。"维和英雄气贯长虹，中原赤子魂归故里"，灵车缓缓驶过，群众堵街塞巷，静默的人群，悲伤的城市，送中原好儿郎最后一程。

黄河恸哭，痛失怀川勇士；太行落泪，拥抱军中英魂。

亮亮，你从军11年，在家团聚不过3个月！而今，你枕黄河、登太行，躺在大地母亲的怀抱里，安然长眠。军号嘹亮，亮亮啊，多么熟悉的声音，你听到了吗？

战友们带着和平使命，沿着你的足迹，挥汗如雨地奋战在维和战场上。亮亮，你看到了吧？！相信你会安然欣慰。

3

硕秋涂金。我怀着敬仰的心情，钻出郑州鳞次栉比的摩天大楼，跨越辽阔的黄河，踏上美丽富饶的古城温县。整洁美丽、花木扶疏的温泉街道西南王村，秋风飒飒。

"申爸爸，您身子骨挺硬朗！"见到申天国老人，我拉住了他枯瘦的双手。

"申妈妈，您好！同亮亮一样，我们都是您的孩子。"杨秋花老人泪珠滚落，我赶紧给申妈妈擦去眼角的泪痕。她皱纹舒展开，说道："亮亮走了，那么多人关心我，我很知足！"

"看看，'人民英雄'国家荣誉奖章！"刚从北京载誉归来的申天国，打开厚重华美的荣誉盒，天安门金光熠熠，五颗金星光灿夺目，雍容华贵的牡丹用中国结联结。

"闺女，你不知道，我俩坐在离总书记那么近的距离，看着人民领袖如此和蔼可亲，崇敬的心，怦怦直跳。我只想对亮亮说，你真是我的好儿子，你为国争光，我们为你骄傲！"杨秋花无比自豪地说。

"看这最美奋斗者，多气派！"申天国将奖杯和证书打开，用陶醉的神气对我说，"中宣部、中组部、中央军委政治工作部等九部委表彰的。亮亮不过是个兵，能成为'中国梦'的'最美奋斗者'，我得好好向儿子看齐！"

一枚枚金光闪闪的奖章，在申亮亮的笑容里闪烁：联合国和平勋章、达格·哈马舍尔德勋章，马里战士十字勋章，中国人民解放军和平使命纪念章、献身国防金质纪念章，河南省"精忠报国军属光荣"牌、青年五四奖章、"出彩河南人"楷模，吉林省"吉林好人标兵"荣誉称号、第六届吉林省道德模范，被评为革命烈士、追记一等功，还有一摞优秀士兵、优秀共产党员证书……

我观察到，申天国穿的浅绿色上衣，墨绿色的裤子，有些皱皱巴巴，边角也有些磨损。我问："您这身军装，有些时候了吧？"

申妈妈含泪嗫嚅道："可不是……儿子的军装，一件件成了宝贝疙瘩，穿上就没下过身……梦里都喊着小亮——小亮！"

申爸爸摇摇头，叹息着说："你倒好！儿子给买双旅游鞋，放柜子里掖着，舍不得穿。这次去北京总算上脚了。"

温馨的全家福上，紧密簇拥着浓浓亲情。亮亮目光执着而坚定，面带自信的笑容，身着军装，和哥哥、姐姐并排站在爸妈身后，侄子、侄女亲昵依偎在老人怀里。

团聚的时光，甜甜的笑靥，流淌的幸福，客厅里暖意融融。

"亮亮走后头一年，俺第一次照全家福。一家人团聚的幸福时光，真好啊。"申天国无限深情地说，"饭桌上有他副碗筷，卧室里有他张床，家里留他份地。我们的心尖尖永远陪伴着我们，咋会舍得离开呢？"

"闺女，你喝杯毛尖茶。我给你好好唠唠亮亮，真有太多太多的回忆……"

4

2019年10月，新中国七十华诞。壮美北国，风光旖旎。

航班跨过邈远深邃的黄河，飞越雄伟长城的犄角山海关，辽阔肥沃的黑土地帧帧切换。等到松花江在视线里若隐若现的时候，我看到了一座逶迤连绵的军营。这里就是人民英雄申亮亮生前所在部队——31692部队。

一位神采奕奕、英姿勃发的军人大步流星地向我走来，双目炯炯有神，刚毅坚定而又儒雅彬彬，平易近人的笑容透着真诚。旅政治部有关负责人热情地介绍，他是来接见我的旅首长！

旅首长热情地说："欢迎欢迎，在我们学习人民英雄申亮亮的热潮里，作家的到来，可谓锦上添花啊！"

"人民英雄申亮亮是我们部队涌现的鲜活典型。他有坚定的信念、听党指挥的精神追求；爱军精武、矢志打赢的使命担当；临危不惧、勇于牺牲的血性胆气；胸怀大爱、热心助人的高尚品德。我们把申亮亮的事迹，作为开展'不忘初心、牢记使命'和'传承红色基因、担当强军重任'主题教育的活水源。"

"我们把学习申亮亮作为贯彻习近平强军思想、深化备战打仗的重要举措，作为培育新时代'四有'革命军人、建设'四铁'部队、锻造精兵劲旅的有力抓手，以习近平总书记'把新时代军事战略思想立起来，把新时代军事战略方针立起来，把备战打仗指挥棒立起来，把抓备战打仗的责任担当立起来'为根本指导，坚持战斗力这个唯一的根本标准，各项工作和建设聚焦军事斗争准备。"

也许因为我是申亮亮家乡人的缘故，威武雄壮的军营向我敞开怀抱。在英雄部队采访的日日夜夜，我看到训练场上热火朝天、生龙活虎，嘹亮军歌铿锵雄浑、气势恢宏，整洁军营规范有序、墙标灿亮，战士们英姿勃发、精神饱满。我始终被最可爱的人感染、感动，内心里贮存着满满的激动。

大幅鲜红的标语呼啦啦飘扬在军营各处，那是夺目跳荡的色彩，犹如心头一团团跳跃的火。

"学习英雄，立起标准，做好样子；争做英雄，矢志强军，岗位成才；

崇尚英雄，凝聚共识，走在前列；敬仰英雄，融入血脉，守住初心。"

"听党指挥，能打胜仗，作风优良。"

"以党的旗帜为旗帜，以党的方向为方向，以党的意志为意志。"

"对党忠诚模范，作战保障尖兵，应急救援先锋，国际维和勇士。"

一个个新时期最可爱的人，申亮亮的亲密战友、过命兄弟，向我讲述亮亮的一颦一笑。往事历历在目，记忆犹在眼前，几多泪水，几多心酸，几多感慨。军营为失去一位骄子而痛惜，也为更多归来的英雄而自豪。

走进申亮亮纪念厅，一帧帧老照片穿越时空，一件件展品令观者睹物思人。讲解员的讲解深情真挚，充盈着我的泪泉，串起申亮亮11年的军旅光辉历程。他用生命的绝唱谱写一首波澜壮阔的英雄之歌。

"人民英雄申亮亮是在习近平新时代中国特色社会主义思想和习近平强军思想引领下成长起来的优秀士兵，是坚决响应号召、维护世界和平中涌现出来的英雄战士，是陆军部队深入贯彻习近平强军思想、全面推进备战打仗实践中涌现出的杰出代表。他的英雄壮举和崇高精神，无愧于维护世界和平的神圣使命，无愧于党和人民的期望重托，无愧于当代革命军人的崇高荣誉。"

不觉间，我的耳畔飘荡着一首思念英雄的歌谣《永生的白鸽》，这是吉林人民为怀念申亮亮最深情的吟唱，这是军营战友最深切的思念。

小小蒲公英，黄花儿结白绒，飞舞到江城，当上子弟兵。维和去海外，祖国在心中，无私奉献，不辱使命。你本是普通一兵，你本是普通一兵，心中却四海纵横，一生无悔，深情系和平。

小小蒲公英，黄花儿结白绒，化作和平鸽，壮志在长空，牺牲为使命，热血贯长虹，魂归故里，笑眠花丛。你不是普通一兵，你是那天上繁星，辉映大地，大爱必永生；辉映大地，大爱必永生。

第一章　沙场点兵

1

"立正，齐步走，一二一，一二一……"

2005年隆冬时节，天寒地冻，吉林市某部队丰满营区训练场。齐声高呼惊天动地，步伐砸地咚咚作响。唰唰唰，整齐地摆臂，拨开冷风流雾。坚挺的胸膛，傲然高耸。统一的正步，夯动冷冻的黑土。身后的朱雀山端坐颔首，近处的松花江激动欢呼。

"班长，练队列、练体能，你常表扬我动作标准，可我觉得我差得远了。跟老兵比，我咋就感觉使的劲儿不小，就差把这练兵场踢烂了，还是有点儿花拳绣腿。"

训练间歇，申亮亮找到新兵班长杨宗春说。

杨宗春笑道："是个好坯子！可目前劲儿只到胳膊腿，三脚猫功夫。你得练出傲视群雄的气魄，才能练到心里去。"

"练到心里？"申亮亮疑惑重重，愣住了。

满面春风的班长一跃而起，高呼："集合！训练！"

抬头，挺胸，并腿……哈气形成的白雾在新兵申亮亮眼前蒸腾，黏汗扑嗒滴落。动作标准，干脆利落。

比、学、赶、帮、超，在训练场上生龙活虎，投身热血滚涌的军营，来自天南地北的壮小伙子们，此刻身着国防绿，都狠咬着牙、拼着劲儿。整齐划一的节奏，惊醒寒冷的冬晨，唤来明媚的晨曦。寒气如刀威杀而来，却被训练场的热气腾腾所击溃。

杨宗春又喊："朱雀山上的挺立青松，也赛不过咱勇士部队的军姿！下连队时，个个三军仪仗队的范儿！"

采访中，申亮亮的战友申雪峰告诉我："亮亮有个英雄梦。训练超刻苦，处处爱争锋，常常是标杆。新兵班长杨宗春有意要磨砺他，特别摔打他。"

"亮亮！"杨宗春一脸冰霜高喊。

"到！"申亮亮笔挺立正，声如洪钟。此时他看到班长关注着自己床上的"豆腐块"，"咋啦，哪里不对吗？"

"看你，精神头气冲斗牛；可这军被叠得无精打采，蔫不拉唧，像个一步三摇的醉汉，总有点不完美。"

战友们都扑哧笑起来，大家眼光聚焦过去，似乎并无不妥呀。如果非得说有，只能算鸡蛋里挑骨头，被面有一点点的不平？或者横边有些许的不齐？总不至于吹毛求疵吧。

"同志们，大家看申亮亮的'豆腐块'，不错了？我看也确实不错。可这标准只够九点五分，总是差这么一点点，弯弯腰也能过。可在我们部队，要的只有满分，满分！九点五分你就失败了。"

杨班长将申亮亮的被褥重新拆开，然后动作麻利、一气呵成地折叠好，果然缺憾如行云流水般被补上了，板板挺挺，床单扯得平平展展。

　　大家不由得鼓掌："好好！这'豆腐'，能卖上好价，标准的周正模样，仪表堂堂了！"

　　班长拍拍亮亮的肩头说："我是新兵时，知道被褥能得几分吗？"

　　申亮亮斩钉截铁道："只能是满分。少了，配咱杨大班长，不合适吧！"

　　杨宗春自嘲道："勉强糊弄个及格。我在家别说叠被子，笤帚把都没摸过。谁想一到部队，叠被子要求这么严格。我第一次叠，憋出一身汗来，痒痒虫乱挠！"

　　过障碍赛集合前，装备齐全的亮亮小声问道："班长，转眼间，新兵班时间过大半截了。我就不信，练不出个'猛虎'来！一个个动作，我白天练，晚上也在脑子里过电影。我感觉真练到心里了。"

　　杨宗春用拳头嘭嘭击打着申亮亮的胸肌说："腱子肉出来了，结实，健壮。可练到心里，你练到灵魂里了吗？"

　　申亮亮琢磨着杨宗春意味深长的话语，怔怔地看着他大步流星地走开。他似乎恍然大悟，神情振奋，一头扎进阵阵喊杀的训练里。

2

　　申亮亮看着战友们开着轰隆隆的大型装备，宛如移动的绿色城堡，仿佛所向披靡，他无比兴奋。

　　"我总算来对地方了，知道吗？我天生就是个捯饬装备的主儿。如今开着装备上战场，多神气！啥时候让我上车？！连队的装备，我得摸个遍！"

一班列兵申亮亮眼羡心慕地看着班长邹学锋轰隆隆地开着威风凛凛的装载机，卷起一阵贴地飞扬的尘土，蹚开稀薄缭绕的晨雾。他不由得感叹道："嘀，咋就这么威风神气啊！"

邹学锋驾车在亮亮眼前停稳，将苍劲有力的大手伸向亮亮说："上来吧，亮亮同志！副驾驶的位置，非你莫属。"

亮亮一跃而上说："信不信，你的大位，早晚都是我的！"

邹学锋在装载机驾驶室坐稳，拍拍手上的尘土，看着手舞足蹈的亮亮，赞许地说："我们可是术有专攻的，你能开好一台装载机就不错了，还摸个遍？当然……当然，能'一专多能'，那就最好不过了，能进集团军人才库了。"

可连队似乎并不急于让列兵上手，还只能让他们打打下手，当个小跟班。也难怪，这些饱含最新技术集成的装备，不摸透它们的脾气，能得心应手吗？

"推挖装"（推土机、挖掘机、装载机）是超大型机械，操纵杆推拉在手，工作界面的着力点完全在视线之外！推土挡板、大铁铲，无情地将视线阻隔！突然间眼睛只能让位给感觉，跟着感觉走，因而个人操作经验就显得至关重要！

学，从头一点一滴地学。亮亮和老兵驾驶员成了心心相印的朋友，跟在老兵身后一脸堆笑地讨教。老兵们不厌其烦地教，你列兵也得尽心尽力地学才行啊。申亮亮似乎真的对装备情有独钟，可是学来学去，还是上不了装备，那心里早痒痒了！

申雪峰告诉我："亮亮对机械有天生的灵性和痴迷，一听到装备轰鸣,就兴致高昂地小跑着凑过去,一门心思钻研起来,常常废寝忘食。"

装备有点"头疼脑热",修理连的官兵应声而至。申亮亮总会不请自来地凑上去,和修理连的老兵打得火热,成了"跟屁虫"。申亮亮一副乐呵呵地讨教的谦逊模样,递上扳手、钳子等维修工具,送上泡好的热乎乎的茶。被尊崇的荣耀感让修理老兵很受用,自然竹筒倒豆子般地倾囊相赠。

天气虽冷,有时候申亮亮陪维修老兵钻到装备肚子下,一趴就是老半天。"问诊"的病因和"治病"的方法无缝对接,这现身说法的教学立竿见影。等申亮亮终于从装备肚子下出来时,一手油污、满身泥土,脸上却笑眯眯地露出胜利的笑颜,说:"嘀,今天学到一手!"修理的本事也日渐增长。

休息时间,亮亮的凳子成了操作驾驶舱,他手舞足蹈的认真模样,让战友们如围观"一个人的空中芭蕾"一般,大家啧啧称叹:"好啊,亮亮,开一台透明的推土机,你推的不是土,是空气啊!"

亮亮无动于衷,挂"挡杆",踩"油门",推拉"操纵杆",那份神情专注的模样,宛如机器正在轰鸣一般,一切看起来煞有介事。亮亮说:"连长说了,熟能生巧啊,千锤百炼,不练能出战斗力吗?可不能纸上谈兵啊!"

大家都笑道:"对对,这'推挖装',都成了亮亮的梦中情人了。佩服啊!"

亮亮严肃地说:"是钢铁战友!只有站在它们的肩膀上,才能游刃有余地制胜于战场。"

在一次连队组织的推土机练习考核中,他以优异的成绩脱颖而出,甚至时间还要短于大多数老操作手。连队破例给他编定了一台装备,申亮亮成了连队唯一一名列兵机械操作手。

3

不相信有完不成的任务，不相信有克服不了的困难，不相信有战胜不了的敌人。这是申亮亮气壮山河的座右铭。

头上有长满蒺藜的铁丝网，身下是碎冰铺满的浑浊水洼。冷风飕飕掠过头顶，低姿匍匐怎么换成了冰凌浊水？"魔鬼"般的训练，让有的战士心头多少有些为难。亮亮头一个冲了出来，毫不犹豫地做好了低姿匍匐准备。

亮亮右手掌心向上，枪面向右，虎口卡住机柄，余指握住背带，枪身紧贴右臂内侧。旋风般猛冲过去，浊浪灌进衣领袖口，犹如泥牛戏水，脸膛儿瞬间被溅满泥点。

"刀山火海都能过，这冰水算什么！向前冲！"亮亮在心底里暗自鼓劲。

他立即开启"贴地飞行"模式，屈回右腿，伸出左手，用右腿和左臂前移，同时屈回左腿，伸出右手，再用左腿和右臂前移。青春的力量在操练场上闪光，压倒一切困难的气势，快速冲开冰凌，这速度、这猛劲，让水洼颤抖、铁丝惊羞。

战友们都拍手道："亮亮，加油！亮亮，加油！"

亮亮的冲锋姿态感染了战友们，他们也都在铁丝网下生龙活虎，钢铁般披荆斩棘，训练的热情在东北的冷风里热气腾腾。

亮亮知道，耀眼的成绩，都是汗水换来的。他又想起了指导员在理论学习会上说的："训练是最客观公正的，没有什么天才。只有踏踏实实地反复训练，练体能、练技能，你的战斗素质才能迅速提升。想当个好兵，没有轻轻松松的成功，只有坚持不懈的努力。"

新兵练队列时，他踢坏四双鞋子，那不怪鞋子，只是他用劲太大了。他的目标是国旗护卫队，他们那昂扬的姿态、挺拔的身板，就是亮亮最高的标杆！那才是十分，要杜绝自己的差不离儿。每当踢步走的时候，他就感觉到国旗护卫队的战友们在推着他，给了他莫大的勇气！

前方是黑烟卷起的火圈，独木架起的路障。看亮亮脚下似乎生了风火轮，把独木稳稳地踩在脚下，从火圈的中心点鱼跃而出，似乎打个踉跄，眼看就要来个倒栽葱。危急时刻，好个亮亮，躬身翻滚间，一个燕子剪水，稳稳地撑在地上，拍手起立。群情振奋，发出旋风般的惊叹叫好声。

战友们纷纷竖起大拇指："太极大侠，深藏几手真功夫。"

亮亮轻描淡写地说："一到训练场，就像到了枪林弹雨的战场；一次训练，就是一次排山倒海的冲锋。为了克敌制胜，你就会迸发超人的潜力！"

他少读董存瑞、黄继光，积蓄了舍生忘死、视死如归的浩然正气；他明晓邱少云、李向群，学到了严守纪律、永远冲锋的铿锵情怀；他学习张思德、雷锋，知道了无私奉献、关爱他人的大爱无疆；他钦佩苏宁、杨业功，践行着爱岗敬业、忘我付出的砥砺奋进……

到了部队，看到学习室里这八位英模，他不自觉地挺直了胸膛，军装领袖、帽徽也显得熠熠闪光。每一个动作，每一次学习，都是一次冲锋。无数次冲锋积累，才能锻造出无坚不摧的钢铁战士，他们是申亮亮心中的英雄，时时激励着他不懈奋进……

靶场射击时，随着自动步枪嗒嗒响起，一阵青烟缭绕里，一些战友都懊恼地捶地，看来一枪毙命的神枪手，必得汗水浇灌，绝不是一蹴而就。再看亮亮，似乎是如有神助。枪枪都在8环以内，这整天笑眯眯、憨头憨脑的家伙，真有神助？！

"快快传经送宝！莫不是你小子开了小灶？还是你开了天眼，这子弹咋就那么听你的话？"

"想听秘诀吗？"申亮亮故意卖关子。

"快从实招来！"大伙儿竖起耳朵。

亮亮问："你们打靶是看靶子吗？"

"这话问的！不看靶子，看土山、看野鸡吗？看飞鸟、看白云吗？真是的。"

"只要抬枪一瞄准，我的眼里只有靶心，只有那个红点点，那就是敌人可恶的头颅！我就果断坚决地扣动扳机，你说我能打不准吗？"

4

学熟了开推土机，又练会了驾驶装载机，挖掘机又开始在申亮亮心里挠起痒痒来。因为没有大块时间练习，操作起来就是半生不熟。可亮亮就是有个倔脾气，他下定决心要将挖掘机拿下，机会很快不期而遇。

2008年秋，温县挖掘机培训中心门外，来了个魁梧英俊的军人，开门见山地问："请问，多久能学会挖掘机技术？"

培训负责人认真地说："学会开容易，想学精学透，咋也得等仨俩月。"

申亮亮直言不讳地说:"我的探亲假只有一个月,咱就来个速战速决。"

培训负责人惊讶地打量着他,看他是名军人,欣然应允。

申亮亮这个难得团聚的探亲假,硬是过成了挖掘机"培训月"。采访中申明明感叹地说:"他从早到晚,就和挖掘机泡在一起,乐此不疲,简直痴迷了。"

先前下连队不久的申亮亮,对这些"绿巨人"并未"感冒",还似乎有些失落地对排长罗中瑞说:"我雄赳赳、气昂昂地到部队当兵,原来就是个开推土机、装载机的!"

罗中瑞搂住他的肩头,循循善诱地说:"说说你在军营的雄心壮志,我洗耳恭听。"

申亮亮眉飞色舞地说:"我想开坦克车,咚咚咚,射着轰隆隆的炮弹,在敌群中四处开花。或者抱冲锋枪,嗒嗒嗒,跟敌人面对面地拼刺刀,消灭他一大群。这多过瘾!"

罗中瑞问:"好个'大英雄'!你的坦克装甲威猛,你的机械化兵团锐利,可遇大山阻隔、深水横挡,你咋办?插翅膀飞过去?学刘备跃马过檀溪?'逢山开路、遇水架桥'!这时候,我们工兵就是打头阵的尖刀部队,遂行支援保障任务!才能有坦克穿插,集群冲锋,你说重不重要?"

申亮亮若有所思地摩拳擦掌说:"哦……哦……没有我们的急造军路保障,遇到深溪沟壑,横扫战场的坦克就会束手无策;机械化钢铁洪流只能望洋兴叹……看来,我们要威武驾驶着'推挖装',做个顶天立地的钢铁侠啦!好呀!太好了!"

利用探亲假学会挖掘机，揣个驾驶证回部队，成为申亮亮的炽热心愿。马不停蹄，夜以继日，一天掰作两天，在与时光的追逐中，刻苦认真成为他最闪亮的标签。

师傅讲解的驾驶知识点，飘进申亮亮耳朵，化在心脑里，悄悄地落在滑动的笔尖上，源源不断地蹦到亮亮的小本上，密密麻麻，阵仗整齐。这些"独门秘籍"的精髓排成紧凑队列，迫不及待地从小本上，通过小声念着、笔上画着，刻录到申亮亮的脑海里。

大臂伸缩，小臂蜷摆，铲斗收放，前进后退……申亮亮登上模拟操作台，一遍遍耐心细致地苦练基础操作。中午燥热难耐，培训中心操练场上空无一人，申亮亮却依然在一心一意地反复练习。一开始的不协调，很快被得心应手所代替，可谓熟能生巧。

那就上手吧。申亮亮到了挖掘机上，那真是如鱼得水。练习挖掘矩形坑、圆坑、平底坑。师傅对亮亮说："开好挖掘机，一看眼，二看协调力，三看悟性。我唾沫星子飞得再多，不练一场空。你要能把这画线坑给我挖好了，那你就出师了！练吧，多少年的老师傅，也有弄不成的。"

申亮亮笑着说："您把心装肚里吧。我不但会把技术练得杠杠的，还要拿到烫金的驾驶证书。"

探亲假在紧张忙碌的学习中飞逝。亮亮一回到部队，就碰到邹学锋正要开挖掘机出去，他麻溜地坐进挖掘机驾驶室里。副驾驶的邹学锋不觉间手心里出了一把汗，问道："你能行吧？这高科技的钢铁巨人，可不能瞎闹！"

亮亮笑道："我和它们梦里几度相逢，早心心相印了。你瞧好吧，这钢铁巨侠，跟我好着呢！指哪打哪，动地一吼，就是一条宽阔通途。"

邹学锋狐疑地说："没个一年半载的功夫，这些'大块头搭档'，会乖乖听你的话？"

亮亮专注地、稳稳地启动机器，操作流程熟练，一气呵成，那硕大的钢铁巨臂，在他的指尖灵巧地起落，油门催出的威力和右手操纵的巨臂，配合成排山倒海的力量，震动得土堆瑟瑟发抖，邹学锋惊奇得张大了嘴巴。

"亮亮啊，亮亮，能耐啊你！行家一出手，就知有没有。不像个生手，在老家是不是开挖掘机出身？从实招来！"

亮亮憨憨地笑道："我先前开哞哞叫的'小铁牛'，和咱'大个子'相比，小布丁头罢啦！哈哈……"

邹学锋接连赞叹："这家伙成精了。真有你的！"

第二章　这里的战场静悄悄

1

2008年春,上级党委一纸命令,给营里送来了全军优秀指挥军官——营长关喜志。关营长新官上任三把火,带着士兵们穿越枪林弹雨威猛冲锋。

"这一刻,就是战场!"

关喜志练兵好比武,他把全营"战场弦"紧绷起来,也倒逼出了全营的阵阵杀气。

在北国的冰天雪地里,班排大比武进入白热化状态。集体过障碍,个个摩拳擦掌。严寒也束手无策、瑟瑟发抖。

"同志们,冲啊!"全营士兵如猛虎下山,在北国的松花江边爬冰卧雪,踩雪的咯吱声响彻原野,脚下杂沓的步履显示着沸腾的士气。

连与连、排与排、班与班都冲着"扛红旗",龙争虎斗,群情振奋。

申亮亮更是摩拳擦掌,在这种集体比赛中,申亮亮最乐意的,就是充当"尖刀"打头阵。

申亮亮对战友们鼓劲说:"见第一必拿,见红旗就扛。战场是你死我活,就算屈居第二,也是做俘虏的命!"

战友们振臂高呼:"夺冠!夺冠!"

一班战友喊叫着,将各种障碍踩在脚下,在高低杠上飞跃着,蛇形弯道上布满了五米绳墙、高低平衡木、直梯、回旋通道、连续三道矮墙、五步桩、独木桥、低桩网等越野项目,都在战士们的"飞毛腿"下如履平地,一道道矫健的青春身影,如同霹雳闪电,将高低的障碍甩在身后。

"申亮亮!出列!"凌厉洪亮的命令响彻练兵场。

"到!营长!"申亮亮快速出列,昂首立正。

关营长盯着申亮亮仔细地打量着,认真地说:"敢打硬拼的训练尖子,一专多能,赫赫有名。在集团军的比武场上,你的表现让我印象深刻。"

"报告营长。营长大名,如雷贯耳!我仰慕已久,最期望能成为您的'影子'!"

"影子?"

"对啊!"申亮亮大声道,"如影相随,形影不离。"

关营长微笑着点点头说:"备战打仗是军人的第一职责,打赢战争是部队的头等大事。如果平时训练不能磨砺出精兵强将,血与火的战场上,是要吃败仗的!"

不久,全营将进行路线勘测科目比赛。在曲线细部标定训练中,全班战友娴熟配合,很快标桩完毕。大家满以为这次训练比较完美,可是申亮亮通过"鸡蛋挑骨头"般的检查发现，标桩距离指定数据有2厘米的"小偏差"。

"一耳眼子的小偏差，问题不大。不过是训练，真正比赛时，不会影响后续进度。"班里战士说道，认为平时训练不用这么较真。

班长申亮亮却板起了脸："关营长咋说的，此刻就是战场。2厘米的偏差看似问题不大，可是到了最后路线偏差就大了。战场上差之毫厘，就要谬以千里，说不定能影响战争的结局。不行，重新标定！"

经过反复标定后，全班进一步摸清精准标定的方法、路数，也为比赛胜利打下坚实基础。全班战士也都明白了一个最浅显的道理：武艺练不精，不算合格兵。

申亮亮一丝不苟地说："技术要'精湛'，数据得'精准'，战场上容不得半点马虎，胜负往往就在毫厘间。上第一个台阶难，再上几个回头看，那都是一种回忆、一种成长、一种历练。"

正式比赛的时间到了，关喜志等营首长亲自做评委，他们意气风发地看着训练有素的战士们，脸色却严肃认真。查看训练成果的时候到了，各班都在摩拳擦掌，大家都瞄着"流动红旗"暗中铆劲儿。

申亮亮带着全班出马，路线勘测科目的流程一气呵成，动作麻利，程序规范，数据准确，科目完成得干净利索。

关喜志走过去满意地点点头说："这是我看到的任务完成最漂亮的一次！"

申亮亮班毫无悬念地扛起红旗，一群钢铁汉英姿勃发。战友们冲过去抛起申亮亮，兴高采烈。申亮亮看到呼啦啦的红旗随更多战友的掌声摇动，胜利的豪情在汩汩流淌。

2

上级建制连武装 5 公里比武，即将在 2007 年骄阳似火的 8 月份开启。

申亮亮看到各连队都士气高扬。"誓夺第一"的口号成为必胜的宣言，那接下来龙腾虎跃的比武，可真的像这热浪袭人的天气，进入白热化了。各连队都开始超强度、大运动量训练，没有扎实刻苦的基本功，怎会有耀眼的辉煌？

"连队有第一必争，只有独占鳌头，只有战胜一切对手，我们才能制胜疆场、扬名立万！"申亮亮的话得到了战友们的热烈掌声。

时刻做模范带头人，他郑重地向连党支部递交了入党申请书："就让这次比武见证，我是一名合格的、愿意献出一切的共产党员。"

以往，申亮亮是全连的"尖刀"，是跑在最前面的动如脱兔的"虎王"。那"拼命三郎"的架势，那敢打硬拼的猛劲，那傲视一切的冲锋，也让战友们热血沸腾、情绪高昂，那十足的劲头，战友们称他"霹雳闪电"。他们期待跟在申亮亮的身后，将胜利和荣耀收入囊中。

晨曦未露，全副武装的申亮亮已经满头大汗地从操场返回；男儿立志要夺魁，不成功名誓不休。夜月偏西，一个飞速的身影在跑道上风驰电掣；汗煎脊背钢铁侠，冲破极限勇争先。早晚两个武装 5 公里，亮亮这劲头儿果然是毫不含糊。

这还不算。亮亮身上还背负着 30 斤重的沙袋！沉甸甸的"训练伙伴"，在亮亮身上越穿越轻，他就是要等到比武的那一天，将这"绝门武器"下身，那时候，亮亮能飞一般地冲到最前头，也就不足为奇了。

大强度训练不幸导致腰疼，等到腰疼越来越厉害的时候，申亮亮不得不被送到上级医院进行检查。没几天，申亮亮就若无其事地回来了，但绝口不提病情。

明天就是大家期盼已久的比武了。这时，突然出现一个意外，一位老兵突发高烧，难以按时参赛。连长白耀峰心里咯噔一下，七上八下，这可如何是好？

这时候申亮亮却主动请战："连长，让我上，绝对没问题，还是排头兵！"

白耀峰为难而疑惑地问："你刚从医院检查回来……"

申亮亮笑道："我的身体没大碍，现在腰一点都不疼了，完好如初。你看看……"他若无其事地跳了几个来回，矫健有力，麻利干脆。

连长抱住他大喜道："真是旱地里落了及时雨。关键时候，亮亮同志就是能顶上去！"

不过，连长还是不放心，又悄悄地嘱咐班长："比武重要，身体更重要。一旦发现他身体不适，就退出比赛，荣誉再重要，也得保护好战士的健康。"

比武在炎炎烈日中鸣笛启动，全副武装的申亮亮随连队意气风发地踏上征程，丛林迷彩的队伍向前穿插，果不其然，申亮亮又冲到了前排，双脚如同安装了风火轮，踏出一阵飞扬的尘土，瞬间恢复了霹雳闪电的风采。

冲到半程，申亮亮的脚步明显慢下来，他大汗淋淋，脸色紧绷，双手扶住了腰部，牙关紧咬，身子有些摇摇晃晃。一直密切观察他的班长赶紧劝道："亮亮，实在撑不住，就歇歇吧。比赛很重要，身体更重要。大家理解你!"

亮亮不说话,似乎憋了一口气,他的脚步反而加快,又冲到了队伍的前排,他用行动超越了自己,做了最好的回答。最终,亮亮顺利突破终点线。

当考核员当场宣布申亮亮所在连第一名的成绩时,疲惫的队伍发出一阵阵排山倒海的欢呼。这时的亮亮却再也站不住了,一个趔趄栽在泥地上,昏迷了过去。

大家含着热泪为他脱去沉重的装具,蓦然发现他口袋里有一张被汗水浸透的诊断书,一行字迹刺痛着一双双酸楚的眼帘:腰椎间盘突出严重,建议住院治疗。所有人的泪花飞溅。

不久,申亮亮光荣地入党。站在鲜红的党旗下,神圣地举起右手,铿锵的誓言震荡着白山黑水,申亮亮腰杆更直了,胸膛更挺了。他决心听从党的教导,向着更高的目标翱翔。

3

威武逶迤的军车车队,迎着来自西伯利亚的寒风,轰隆隆行驶在冰冻的广袤黑土地上。凛冬冰封了喧嚣的松花江,可车辆喷出的白烟喷散着阵阵暖热!

2010年冬,申亮亮随部队奉命出动,奔赴洮南基地参加重大演习。申亮亮担任连队驾驶员兼二排代理排长。全排战士豪迈歌唱着《团结就是力量》,立即驱走了严寒,唤来热气腾腾:

团结就是力量

团结就是力量

这力量是铁

这力量是钢

比铁还硬

比钢还强

向着法西斯蒂开火……

零下二十多度的严寒袭来,亮亮开着挖掘机,棉帽上因哈气结出了一层白霜,他不停地搓着冻红的双手,遥望着不远处人家屋顶上的袅袅炊烟说:"在我老家,真看不到这么壮观的冰挂,好气派啊!咱勇士部队就该虎啸山林。白山黑水间,坦荡任我行!"

经过八个多小时的连续行军,部队在夜晚九点多到达指定演习区域,还没等歇口气,就接到演习指挥部命令,一个小时内就地搭建二十顶帐篷。

"真累啊,又饿又渴,连喘口气都困难,这帐篷怎么搭啊?"有些战士露出了畏难情绪。

"同志们,热汤热饭马上就到,小鸡炖蘑菇,肉老多了,再配葱花酱香饼,管饱管够。"

"太好了!"大家瞬间振奋,顿时如雄狮一般,似乎美味已经填饱肚子,"加油干,饕餮盛宴等着咱!"

亮亮笑着说:"刻不容缓快上手。军人以服从命令为天职,我们迎难而上,没有克服不了的困难,没有过不去的火焰山!"

亮亮带头从车上搬运帐篷,同志们也都快步纷纷聚拢过去。大家手脚麻利地勘察定点,支帐篷,眨眼间,一顶帐篷就在热火朝天的干劲里现出雏形,可固定帐篷的撑竿遇到硬邦邦的冻土,那真是硬碰硬,难以揳紧。

突然一股夜风，裹挟着严寒从旷野猛扑过来。帐篷飘飘摇摇，呼啦啦瑟瑟发抖。大家赶紧使劲扯住这"劳动成果"，帐篷却不解人意地摇晃了一下，一头栽倒在地上，把战士们也带着拐倒。

战友们顿时泄气说："北风呼呼叫，冻土硬如磐石，还能搭二十顶帐篷？不是故意刁难咱吗？"

亮亮从地上跃起，拍拍泥土笑道："演习就是战场，这是上级在有意摔打我们！如果我们不能练成钢筋铁骨，不能克服艰难险阻，能建成一支攻无不克、战无不胜的人民军队吗？风越猛，咱干劲越大。不信打不垮这溜溜的小北风，砸不开这坚硬的冻土！同志们有没有信心？！"

"有！"大家的干劲被激发出来！

帐篷越搭越多，速度也越来越快。有几个战士偷偷把身上的钢盔、子弹袋、水壶和防毒面具脱下，为的是轻装上阵加快搭建进度。

亮亮一看，果断地命令道："赶紧穿上，战斗着装。"

有的战士发牢骚说："班长，这是演习，哪用那么认真。带这么多装备，磕磕碰碰的，搭帐篷施展不开手脚！"

亮亮认真地说："演习场就是战场，时刻不能大意！稍有疏忽，如在战场就会送命！"

规定的时间还未到，二十顶齐整整的帐篷已经结结实实地搭建完毕，虽然战友们都累得气喘吁吁、满头大汗，可看到辉煌成果，也都沸腾起来，感到特别欣慰。

没等大家歇口气的工夫，暗夜里钻出来几名拿着红外摄像机的演习考核人员，他们仔细地看了看搭建好的帐篷，对申亮亮竖起了大拇指：

"小伙子，你立了大功！这要是真打仗，你救了他们的命！"

一念间差点被判阵亡，战士们都惊出了一身冷汗。

原来，是否战斗着装构工其实是此次演习的一项考核指标，如果卸载战斗着装超过1分钟，那么，就要被严苛的导调组判为遭受毒气攻击阵亡！

关键时刻，正是亮亮果断的正确处置，在零伤亡的情况下，圆满地完成了这项考核任务，并得到了导调组的赞许。战友们激动地抱住亮亮说："你真伟大！你的小鸡炖蘑菇快到了吧，我们真的要饿飞了！"

申亮亮笑道："马上到，马上到！"

4

2009年5月，天刚明，道桥二营威武的军车雄壮列队，载着全副武装的战士们，浩浩荡荡地向野外驻训场进发。迎着习习暖风，申亮亮驾驶着挖掘机踏上征程，这大家伙发出了动地的吼声，撞开黏稠晦涩的黑暗，迎来璀璨明丽的晨曦。

肥沃的黑土地惊喜地敞开怀抱，激荡的清水河送来浪花朵朵，夹道列队的白杨树鼓掌欢迎，送来阵阵清爽。全体指战员意气风发，斗志昂扬，跃跃欲试，大家期待着在训练场上磨砺自己，一显身手。

申亮亮跟随车队驶上宽阔的国道，转入慢弯的省道，前方进入一段狭窄的乡村道路。本来就高大笨重的装备，来到了这种"杨柳细腰"的乡道上，突然就宛如"裹脚女人"一般小心翼翼，可这狭窄的道路，时常让驾驶员发怵。

行进的车队突然戛然而止，原来，为避让老乡的农用拖拉机，排头的挖掘机滑进了路沟！连长召集全连驾驶员过去商讨脱险方案，大家飞跑过去一看，全都傻眼了。挖掘机自重较大，吊车无法作业，钩吊脱险肯定不行！

　　唯一可以尝试的就是利用挖掘机的前臂支撑车辆右侧的地面，将车顶回道路。可这同样隐患重重！在转动前臂的过程中，机械的重心会更向右移，加大了侧翻的风险，一旦侧翻，后果不堪设想。

　　大家面面相觑，这种时候，没有十足把握，谁也不敢轻易表态上装操作，这让连长犯了难。就在一阵沉默中，突然响起穿云裂石的请战声："连长放心，让我来！"

　　原来是申亮亮主动请缨！大家一阵惊喜，投去了钦佩的目光。救援刻不容缓。大家立即撤离到安全区域，目送申亮亮小心翼翼地攀爬上倾斜的装备，随着挖掘机的壮吼，所有战友的心都提到了嗓子眼儿，为申亮亮捏了一把汗。

　　好个申亮亮，临危不惧，胆大心细。他小心翼翼地开始了操作。威武雄壮的挖掘机此刻虽未倾覆，却危如累卵。申亮亮娴熟小心的操作中，挖掘机前臂一点点地轻微转动，这轻微的平衡甩掉了可能的倾覆，等到铲斗触到沟底的时候，首战告捷，大家一片欢腾。

　　这样别扭地操作着挖掘机，慢慢地向前移动，倾斜的轮胎在大臂的帮助下，骑着陡峭的路沟一点点地回到正道，这是感觉与智慧的结晶，更是经验与熟练的结合。扶正一点，再扶正一点，等到倾斜的装备小心翼翼回到道路上的时候，在战友们的掌声里，挖掘机也发出了愉悦的欢唱。阻塞的车队顺利启程，向着远处的驻训场一路飞奔！

　　2014 年部队冬训演兵场，参演的机械化行进队伍遇到阻碍，需要一名熟练的操作手立即排障,为主力部队开辟道路。这种关键节点,对操作员提出了严苛的要求:只能成功,不能失败。

"让我来吧!保证完成任务。"作为车场站长的申亮亮再次主动请缨。此刻犹如血与火的战场,前方的障碍,就是敌人的枪眼,而申亮亮选择坚毅执着地扑上去,义无反顾地挺身而出。

现场让人倒吸一口凉气,只见一处废弃建筑,三面都有建筑环绕,距离不足一米,施展空间太小。新装备体积太大,如老虎吃天般无从下口;爆破拆除又难免伤及无辜,造成"排山倒海"的坍塌。这样高难度的破拆,前所未有,任务来临时,又容不得半点退缩。这种关键时刻,考验的不仅是技术、经验,更是血性和胆识。

营长惴惴不安地问:"亮亮,有几成胜算?"

亮亮斩钉截铁地说:"攥在我手心里。打通出路,没有退路。"

极端的考验横空出世,这难不倒申亮亮。战场的环境瞬息万变,重在因地制宜。一台小型民用挖掘机,在申亮亮的双手里驾轻就熟,自上而下,一层层地剥落坚硬的砖石;咯噔噔的钝响声中迸溅着火星;从外向里,一块块地铲除废墟,卷起的尘埃张狂猛扑,一圈圈将申亮亮和挖掘机包裹在弥散的混沌里。

申亮亮双目如炬,小小的挖掘机里现出了倔强的身躯,层层推进,铿锵灵巧,让废墟一点点灰飞烟灭。横亘的"中梗阻"被硬生生搬开,前进的道路被顺利打通!大部队从缝隙中鱼贯而出,车流滚滚,浩荡前行!洪亮的《强军战歌》带着胜利的喜悦:

听吧!新征程号角吹响

强军目标召唤在前方

国要强我们就要担当

战旗上写满铁血荣光
将士们！听党指挥
能打胜仗，作风优良
不惧强敌敢较量
为祖国决胜疆场
……

第三章　黄河那道弯

1

"卖豆芽喽——鲜豆芽——"

童稚的叫卖声清脆、尖细,穿透20世纪90年代中期,随着架子车轮的飞转声,飘飞到温泉街道西南王村周围的家家户户。九曲黄河滚滚东流,在太行脚下的温县打着旋儿,惊奇地看着仨半大孩子"遛乡",听着一道美味迸溅的欢声笑语。

湿漉漉的豆芽,雪白的银脚丫,鹅黄的胖脑袋,修长的俏身段,躺在褐色荆条筐里,随着明灿灿的金色阳光,在清风和车轮奏响的小调儿里,乐悠悠地享受着刚出缸的幸福时光。

申天国回忆道:"亮亮打小就是个乖孩儿,一点点就知道帮家里干活。有时候我在家里一忙,他就跟哥哥、姐姐去卖豆芽。而最小的他,却是吆喝得最响亮的!"

哥哥明明拉车,姐姐海霞跟推,小小的亮亮煞有介事地走在最前头,用清脆稚气的叫卖声招徕乡里乡亲。三三两两的邻居端着黄豆围拢过来,说笑一番,哗啦啦倒入圆圆的秤盘里,用骨碌翻滚的黄豆换走新鲜美味的豆芽。"小大人"海霞很不熟练地来回称重。端着豆芽的乡亲们笑容洋溢。

累积的好口碑是响亮亮的招牌。申家豆芽一声呼,乡亲闻声纷纷来。给的分量足,秤砣高得都压不住定盘星了。菜鲜、净、美,水漉漉,鲜嫩嫩。炖菜、炝锅、凉拌、下酒,爽脆可口,珍馐百搭,是农家饭桌必不可少的家常美味。

黄河悄无声息地分出"毛细血管"蚰蜒河,清亮亮潺潺流进西南王村再向东流。有棵几搂粗的龙爪槐在村中心如伞如盖,虬枝苍古。树下四间破旧茅草房伸出苍老臂膊,圈出破旧的土夯院落,这就是申天国的祖居老屋,兼做"豆芽作坊"。

屋里一溜儿四十多口黄陶土缸穿上厚厚的臃肿棉衣,缸底留有换水的活塞,这就是豆芽们最温馨的"舒适暖床"了。换来的黄豆被倒进竹筛里,一家大小齐上阵,反复扒拉着,瞪着"火眼金睛",将"鱼目混珠"的烂豆、坏豆"请"出来。然后倒进大桶用清水反复淘洗,黄澄澄金灿灿,就可"请君入瓮"了。

豆芽每隔6个时辰就会抬头"喊渴",申天国就会打来清凌凌的井水,滋润它们茁壮的"芽孢",看着豆芽们都精神地支棱起身子,欢呼拥抱来自神秘高原的"甜美甘露",似乎瞬间就长出一大截。

这时候的申亮亮,就会在昏黄的灯光下,看到忙碌的身影,听到父亲口里的欢快的顺口小调——豫剧《撕蛤蟆》:"……我拉小车往上攀,一溜子拐弯到确山,只路过张家口、李家湾,满山地里搭茅庵……"

天色渐晚，夕阳送来万道金光，黄河翻滚满眼碎金，给太行山罩上暖暖的诗意。亮亮看看在筐底的豆芽也只有三五捧的模样，确实也有些"缺胳膊少腿"的，卖相有些难堪，吃是不碍事的。

两鬓斑白的五保户申振东正独自坐在门口的树疙瘩上，落寞地呆坐着，有些忧伤又有些迷茫。突然一兜滴水的豆芽递到了他手边："东大爷，这些卖剩的'下山虎'，送给您吧！"

申振东哆嗦着双手接过来，泪水横流："小亮啊，我哪辈子修来的福气，老吃你的豆芽！"

村西智障的"半憨子"张根生，说话言语不清。一次根生娘捡垃圾，一兜塑料瓶子没有出手，正愁着咋做饭。亮亮悄悄提一兜豆芽送到他家的案板上，又悄悄地离开。茅椽蓬牖、瓦灶绳床的家里，不时出现的这样一兜爱心滚烫的豆芽，足以让一个智障者的母亲有了暖暖的感动。

还有老赵家、老李家、老胡家……

村支部书记胡东兴告诉我说："我们是隔墙邻居，他家的豆芽，我几乎是天天白吃，一给钱就恼！村里这么多人，特别是困难户，亮亮是经常给人家送，一捧豆芽不值钱，可乡里乡亲情谊重啊。我这辈子谁都不服，就服亮亮……"

这样"免费赠送"的乡情，虽然值不了个块儿八角，可一兜豆芽的温暖心头飘香。

我在西南王村采访，常听乡亲们说："老申家真是好人啊，特别是亮亮……"

2

两个鬼鬼祟祟的身影,穿过蚰蜒河滩,来到正在看护怀山药晾晒的"小不点"申亮亮跟前。这两个尖嘴猴腮的家伙,挤着眯眯眼假笑着,给申亮亮递过来小食品:"来来,小朋友,叔叔请你吃'唐僧肉',味道好极了!"

此时大人都回家了,河滩上除了一地白亮亮的怀山药切片,只有申亮亮一个人。他却咽了咽口水,理直气壮地回怼:"不吃!看你们不像好人,滚开!"

"这熊孩子,真是不识好歹!"两个人悻悻地走开,却并没有走远,隐藏在河堤沙窝里,扑闪着鼠眼。

亮亮似乎看穿了这两个家伙的阴谋诡计,也睁大了黑亮的双眸,盯着两顶时隐时现的破毡帽,忽然间他有所警觉,怎么破毡帽少了一只呢?

亮亮的哥哥申明明回忆说:"当时那两个人是偷怀山药的贼!他们看只有亮亮一个小孩,就想坑蒙拐骗、顺手牵羊了!"

焦作古称怀庆府,久负盛名的特产是地黄、牛膝、山药、菊花"四大怀药",而山药更是"四大怀药"的花魁。这块黄河哺育、太行厚爱的沃土,由独一无二的水土气候孕育而成。堪比人参的高级滋补品,被国外称为"华药""怀人参",享誉全球。

怀山药含有丰富的淀粉、糖、蛋白质、胆碱、维生素C等多种营养,居蔬菜之冠。根块圆而细长,汁少粉多,煎煮不败,甘甜可口,做柴鸡炖山药、山药烧牛肉、拔丝山药,荤素皆宜。怀山药去皮、切片、晾干,成为珍贵的滋补药材,有健脾补虚、滋精固肾、治诸虚百损和五劳七伤的功效,为大补上品。

怀山药加工晾晒季节,全家老少齐上阵,欢天喜地来到清冽的蚰蜒河边。申天国拉着架子车,车上堆满新鲜的怀山药,在黄土路上压出两道深深的车痕。亮亮、明明在前边使劲地拉着攀绳,秋风拂面,吹来饱满的丰收气息。

先将怀山药褐色老皮小心翼翼削去,山药如娇嫩嫩、吹弹可破的皮肤,稍不小心就会破损甚至折断,卖相也就大打折扣。去皮后的山药通体晶白如玉,如亭亭玉立的虞美人,娇羞妩媚;用清水浸泡起来,外面黏黏的汁液被洗去大半。然后山药就被轻轻地用刀片成大小均等的段儿,打着旋儿飞扑进长长的苇席,期待与秋日暖阳的"金色约会"。

如今,一家人的辛勤汗水,岂能被毛贼染指?亮亮突然发现沙窝里飘出袅袅青烟,随着微风弥散开来。他此时发现,两人中的一个突然不见了,只看到烟雾缭绕影影绰绰的脑袋。这两个人在布迷魂阵呢?还是玩捉迷藏呢?

但亮亮坚守不动,此时,另一个脑袋已经绕到亮亮的侧后方,隐藏在秋秸后,做着"声东击西"的偷袭,可亮亮识破了他的猥琐伎俩,不断地扫视着前后,就算有个蚊子也难插翅飞过。

"嗷——嗷——"那边的男子上蹿下跳,颇有点狗急跳墙;另一个也是咬紧牙关,十个手指深深地扎入泥地,眼里放着狼性凶光,蠢蠢欲动要硬抢了。

"嘟嘟嘟……"亮亮尖厉急促的哨声瞬间划破寂静的河堤,听到动静的申天国及村民们,快速地围拢过来。这两个贼惊慌失措,屁滚尿流地落荒而逃。一个贼似乎崴了脚,一瘸一拐地跑着,顺着河堤消失在芦苇丛里。

大人们惊问刚才惊险的一幕。申亮亮泰然自若地说:"遭遇了两个想偷山药的贼,让我的哨子惊跑了!"

气喘吁吁跑过来的胡东兴啧啧道:"真是被贼得手了,咱这一季收入岂不泡汤?亮亮这出'智斗顽贼',漂亮啊!"

申明明感慨地对我说:"我当时真是倒吸了一口凉气,好在只是虚惊一场!"

3

因为几个解渴的甜瓜,小伙伴对申亮亮愤声阵阵。好在,转眼间他们又和好如初了。

申明明回忆说:"想想那月夜偷瓜的事儿,真好玩啊。可亮亮就是个死心眼儿,只要认准的事儿,八头老牛都拉不回!"

夏夜随着凉爽的河风、皎洁的月光姗姗而至,营造出空灵迷蒙的童话世界。申亮亮和哥哥明明,好友申伟伟、郭小波"四大金刚"趁着月色,悄悄地潜入蚰蜒河堤外,欢呼着扑入天然的儿童游乐场。

硕木扶疏,婆娑起舞,麦香阵阵伴随着一摊蛙鸣,璨璨萤火虫闪亮,与天上的星星连缀不辍。月光筛过树影,开出一地斑斑点点的白花。四个小伙伴扑进奇异花海,一通河滩沙海里的"大闹天宫"。很快地,个个暴汗如雨,成了"落汤鸡"。

你搂住我摔骨碌,滚在松软的沙地里。你绊住我的腿,我摁住你的胳膊，难分胜负。不觉间温热的细沙钻进衣领，在肌肤里啃噬，玩闹中的笑声随清风响彻林荫。

我拉住你"斗鸡"，"金鸡独立"蜷成锐利的"鸡头"。你欢快地蹦着冲过来，我悄悄地一个躲闪，或者面对面迎头撞击，或者第三人从侧后方冷不丁突袭，都会引起银铃般的哄笑声，那笑声弥漫在芦苇地里或馥郁的麦花香里。

"真渴啊，嗓子眼儿冒火。我们去摘刘老头的'青蜜脆'。你说这刘老头就是厉害，他这瓜地里上的是臭烘烘的猪屎，可这瓜是既脆又甜，甜掉你的牙！"申伟伟乐滋滋地提议。

小伙伴一拍即合："刘老头真不赖，请我们去尝尝鲜，还不快走！"

最小的申亮亮却冷冰冰地阻拦："不能去！渴死，也不能偷！"

仨伙伴同时掐住他的脖子："小亮，你敢说你不渴？不想灌一气清凉？"

被掐得满脸通红的亮亮气儿也喘不匀了，说："渴，我就是渴死，也不偷！"

"没看出来，你还真是个大笨瓜啊！我们弄过来，馋死你！"

夜幕和饥渴驱使着小伙伴们飞奔，只留下在树下静听蛙鸣的申亮亮。也就一会儿工夫，一个个满载而归，汗衣兜住的肚皮大了一圈。

"哈哈，这刘老头，花眼就算了，耳朵也不好使。胖黑狗汪汪得怪紧，可拴着有什么用！"

"乖乖，我一口气摸了6个，能落个肚子圆了。"

小伙伴欢快地从背后突然跳到呆坐着的申亮亮面前："'青蜜脆'神仙下凡！吃一口甜掉大牙，给王母娘娘的'蟠桃'也不换！"

申亮亮推开送到眼前的甜瓜，厉声正色说："偷来的东西，再好，我也不吃！"

小伙伴们生气了："好个小亮啊，你人不大，这'二杆子'脾气不小，谁说是偷的？你让刘老头过来，看瓜认识他不？谁敢说是偷的！"

"吃吧，吃吧，我就不信，你不渴！"

"大田地里长的，摘个大的长仨小的，我们给刘老头做好事呢！别跟自己的肚子过不去！"

申明明对我说："亮亮就是'轴'，那渴得真是嗓子眼儿冒烟了，硬是没有看那甜瓜一眼。到家里，倒是抱着凉水，咕咚咕咚喝了一大瓢。那么个小不点儿，你说人家有把握没？"

4

绿油油的瓜田，无数羞涩的黄花半隐在绿叶间，茁壮的藤蔓爬过细软的沙壤。申亮亮跟随着父亲，在西瓜田里挥汗如雨地锄草。父亲的锄头将杂草连根撩翻，亮亮及哥哥、姐姐就争先恐后抢到挎篮里，它们可都是牛羊渴盼的饕餮盛宴呢？

田里撒满猪粪的土壤格外肥沃，成为西瓜丰美甜润的上佳滋补品。这是申亮亮随着父亲半个春日的辉煌战果。村西养猪场的张老板，是亮亮父亲的至交，无偿将猪粪相送，这臭烘烘的农家肥，可是西瓜素喜的大补。

架子车再次唱起了主角。意气风发的父亲，驾车时嘴里叼着"黄金叶"，哼唱着豫剧《打金枝》；蹦蹦跳跳的儿子，一边一个攀绳相牵。弓起的小小身子，绷直的缰绳，架子车的轮毂引吭高歌，清冽的蚰蜒河泛起层层涟漪。

"走喽,弟!牛儿牛儿在坡上哟,田园绿野好风光哟;一方黄土一方田,山又高来——水又长……"

"好嘞,哥!牛儿牛儿在坡上哟,忙完春耕忙秋粮哟;风霜雨雪它不怕,摇着铃儿——走四方……"

"哈哈哈……"

父子拉车的剪影,在朝阳里被地平线拉向了黄河,在夕阳里又被河堤扯向了太行山。架子车车轮滚滚,越来越多"粮食精"被运载到田地里,孕育着金色收获的农家乐。

河风溜过,山岚也滑过,那小小的嫩果就在花蕊里孕育生长,吸吮风霜雨露,收纳着日月精华,眼看着圆滚滚、胖嘟嘟、绿莽莽,也充实着庄稼人最美丽的秋收。

很快,城里乡下,亮亮响亮地吆喝:"买西瓜了!正宗的沙瓤甜西瓜,甜掉你的牙!"

父亲忙着给人挑瓜、称秤,一个个"嘭嘭"正熟的青门绿玉果,冲开热浪翻滚的蒸气,在被酷暑折磨的手掌间箍紧,汩汩清凉甜润在心底里,化成了最解暑镇凉的宝物。

送瓜上门更是常有。一位古稀之年的白发老妪,称瓜付钱,颤巍巍地提出一个请求:"嗯,老板,您行行好,我家在楼上,我这老寒腿抱不动,给我送家去好吗?"

不待父亲搭话,哥儿俩立即麻利地扛起大西瓜,欢快地跟在老奶奶身后。那老奶奶笑眯眯地蹒跚着,边走边夸赞着:"好啊好啊,这俩小子,将来肯定有出息!"

好大一阵子,兄弟俩才气喘吁吁、汗流浃背地折返,咕咚咕咚抱着水壶狂喝一阵。

亮亮抹抹嘴叹道:"我的天啊,抱着西瓜上六楼,这真是要了命!"

父亲惊讶地张大嘴巴,笑道:"这送货服务有点大了,可人家老太太腿脚不便,还是得给送家去!"

明明接着说:"非但西瓜给她弄上六楼。这老太太腿脚不好,小亮又给她当拐棍搀上去,来回四次。她切了西瓜非得让我们吃,我们一溜烟地下楼了。"

父亲点点头说:"想吃西瓜咱有的是,随手去杀。咋好意思吃人家的。"

哥儿俩都摇头摆手说:"还是凉水解渴。一个西瓜多换几块砖,咱的新房不又多一分希望吗?"

父亲眼睛有些湿润了,说:"好孩子……今年的肥足瓜甜,雨水也得劲,这一季子,新房是大头着地了。只要咱脚踏实地地干,这广袤的黄河滩里,处处都埋藏着聚宝盆啊。"

哥儿俩说:"那一棵棵怀药,不就是摇钱树吗?咱这天造地设的太极图里,老河滩还真能刨出金子来。"

父亲肯定地说:"那是自然!老祖宗留给咱的,还真是块风水宝地哩!"

第四章 松花江头锁洪魔

1

凌晨一点,响起了嘹亮的紧急集合号。这个暴雨如注的雨夜,和雨夜召唤来的松花江滔滔洪水,让申亮亮和他的战友们,从枕戈待旦的半梦半醒中一跃而起,铁血男儿们精神抖擞,紧急出动。

2010年7月上旬,炎炎酷暑唤来卷地狂风,飞沙走石招来漫天黑云,不远处的松花江卷起一河怒涛。乱云猛推着倒挂的天河,密集射下白亮亮的箭镞,在天地间混成噼里啪啦的迷蒙"水世界"。松花江的"真龙"显出桀骜不驯的原形,霹雳惊雷携着轰隆隆的洪水震得地动山摇,百年不遇的特大洪涝灾害猝然来袭!

第二松花江堤外,滔滔洪水已然将永吉县口前镇吞没,变身一片汪洋。所有人家的房屋都在凫水"呻吟",狂风暴雨狠劲地撕裂着飘摇的屋顶,而朦胧的暴虐雨帘里,似乎能看到孱弱无力的人影,那一定是受困群众。

险情就是命令，申亮亮和战友们架起冲锋舟，迎着劲猛的狂风，劈开湍急的怪浪，犁开一路洁白的浪花，来到一户户院落前，申亮亮和战友们拍门窗大喊：

"家有人吗？！有人在吗？！"

风雨声迅疾地将他们的呐喊卷走，屋里的人被风雨阻塞了耳朵，被雨帘封住了眼眸，被天河的水笼罩了居所，此刻心里如此忧急如焚、悲痛欲绝。可期盼总会打开一道缝，透过窄窄的罅隙，蓦然看到水面上冲锋而来的"生命之舟"，还有挺立在船头的无数明亮的国防绿，他们声嘶力竭地呼喊着：

"救命！人民子弟兵！"

我在九站营区采访时，申亮亮的战友、营部中士马腾飞回忆起和申亮亮并肩抗洪的情景时，沉痛地说："那年的暴风骤雨，真是狂虐，好像天被戳了个大窟窿，噼里啪啦搅扰着人间。百年不遇的特大洪水，排山倒海，震动得山川都瑟瑟发抖！"

团参谋长关喜志一脸刚毅、坚定自若，慷慨激昂地做战前动员：

"永吉段河堤告急，我们接到上级急令，立即出动。同志们，'养兵千日，用兵一时'，党和人民考验我们的时候到了！洪水无情，人间有爱，我们是人民子弟兵，一定要勇往直前，确保人民生命财产安全！同志们，有没有信心？"

"有！"战士们齐声高呼，让疾风骤雨心惊胆战。

军营里的抗洪抢险号角早就吹响，冲锋舟、铁镐、沙袋、救生衣等装备、物资，早已在库房里，它们被战士们的敦实的肩膀和苍劲的双手，威武地"请"到了军车里，这会儿也跃跃欲试地养精蓄锐，准备跟战士们并肩作战，与洪魔决一死战。

翻卷的浊浪一阵阵地猛扑过来，不时吞没废墟残墙，水淹的房屋随时可能轰然倒塌。申亮亮驾驶着冲锋舟小心翼翼地来到了房屋前，噼啪的淫雨如朴刀乱砍。申亮亮一个纵身，从船头攀着窗台，麻利地跃进房间里。

一脸无助的母亲搂住两个惊慌的孩子，蜷缩在暗角旮旯里，因为饥肠辘辘或过于恐惧，浑身都在瑟瑟发抖。申亮亮迅速给母子三人穿上雨衣、救生衣，小心翼翼地将惊母稚子，解救到被怪浪拍打的冲锋舟上。

一人、两人、三人……很快冲锋舟载满了惊恐初定的老乡，也载满了劫后余生的欣喜，将他们转移到了高处的安全地带。冲锋舟一次又一次冲开淫雨围困，绕着水淹的房屋，申亮亮嗓子喊哑了，胳膊被划出道道血痕，衣服早就被冰冷的雨水和湿热的汗水浸透。

他们的冲锋舟劈浪斩波，成了翻滚洪水里托举生命的"诺亚方舟"，引起了群众阵阵亲切的欢呼："亲人解放军，我们在这儿！亲人解放军，我们在这儿！"

战战兢兢、又冷又饿的人们被接出来，转移到遮风挡雨的地方。那里飘散着袅袅炊烟，亲人的笑容绽放在温暖的帐篷里，滚烫的饭菜氤氲着喷香的美味。这一天一夜，申亮亮和战友们共搜救转移落难群众五十多人。

申亮亮曾这样深情地写道："长这么大，第一次感觉很无能，恨不得自己变成巨人，把他们都解救出来，面对一个个无家可归的受害者，我的心好疼……"

多么真挚的感情，多么崇高的情愫，多么炽热的情怀。

孩子们透过雨幕看着申亮亮刚毅的脸盘和忙碌疲惫的身影，不由得向他们致少先队员的敬礼——这残破的家园里温馨感人的一幕，已经给他们的人生上了最好的一课——苦难见真情，在人民群众最危急的时刻，冲在最前沿的，是党和政府，是人民解放军！

2

7月27日清晨，命令随着乌云压顶十万火急地传来。永吉县两家化工厂7000多个化工桶随洪水冲进了松花江，如果不能及时打捞出来，会严重威胁两岸人民的饮水安全。申亮亮和战友们接到命令，立即在松花江上构筑浮桥阻拦坝。

一艘艘汽艇托拽着舟桥载着刚毅执着的战士们，快速地向勘察好的指定区域集结组装。关参谋长沉着冷静，所有的战士都全神贯注地搭建舟桥，一定要将"包藏祸心"的化工桶拦截打捞上来。

虽然战士们平时早就演练熟悉，可面对此刻滚滚奔涌的湍流，让演练的科目瞬间达到了"爆表"极限！好在战士们平时训练有素，关参谋长在舟桥上一线指挥，大家按照既定规范迅捷操作，按部就班地麻利组合，长长的拦阻坝在紧张组合中已现雏形。

7月下旬，松花江洪峰没有消退的迹象，申亮亮和战友们也彻夜奋战在河堤上。极度的疲惫让体力严重透支，可严峻的险情、如山的责任，让大家更加斗志高昂。如果洪峰是不可一世的恶魔，而战士们守护的长堤就是"锁蛟绳"，时时紧绷得牢不可破。

扛了一夜沙袋下来，申亮亮和战友们已经变成了"扮黑泥人"，手脚浸泡得苍白，打起褶皱，彻骨瘙痒，浑身的衣服被汗水浸透，湿漉漉的如爬满了蚯蚓。短暂的休息时间，饥饿促使申亮亮抓起馒头狼吞虎咽。

营部中士马腾飞回忆说："我们正啃馒头，关喜志参谋长刚好过来，亮亮见到老营长，那亲热劲真是甭提了。"

关喜志凑过来打趣说："我说亮亮啊，今推今，明推明，归心似箭硬不射。批好的休假条装皱了吧？"

亮亮若有所思地说："参谋长，关键时刻，我真的不能走！要有政治意识、大局意识，要做顶天立地的钢铁战士，你的教导如雷贯耳。看看这洪魔滔天，我岂能临阵脱逃？"

关喜志拍拍亮亮的肩膀，赞许地说："好样的！咱二营出来的兵，要的就是这股子豪气！使命就要时刻嵌在骨子里，荣誉烙在灵魂里。翻江蛟龙再猖狂，可有咱刚强威猛的镇河勇士！"

说话间的工夫，瞌睡虫瞬间粘紧申亮亮的双眼，疲乏地靠在堤下的石墙睡去。战友们的困乏重重袭来，可洪峰凶残得一浪催一浪，也只能给他们打个盹的工夫，又要重新抖擞着冲上大堤。

看看舟桥拦坝就要大功告成，可危险也突如其来。突然，不远处发现上涨洪峰的申亮亮声嘶力竭地大叫："水涨了，小心！水涨了，小心！"

骤然上涨的洪峰让江水流速加快，让拖拽舟桥的汽艇如泥牛入海。洪峰冲击着汽艇、舟桥，同时吸向下游大坝的闸门，装备和人员即将遭遇灭顶之灾！

申亮亮的心陡然悬了起来。他看到了关喜志解开了汽艇与舟桥的牵引绳，汽艇上6名战友脱离了危险；舟桥失去了控制，上面的5名战友危在旦夕,迅速随洪水向闸门猛吸过去。关喜志果断指挥大家跳入湍急的洪水,他奋力将身边的战友推出水面。舟桥和关参谋长同时被轰隆隆翻滚的浊浪卷入11号闸门,湮没在汹涌的浪涛里。

马腾飞诉说:"申亮亮与关参谋长感情很深,当看到关参谋长被洪水吞噬,急火攻心,加上伤心、疲劳过度,瞬间昏了过去!好长一会儿才缓过劲来。"

申亮亮与战友们紧急搜寻,最终从龙口里抢回了4名战友,而敬爱的关参谋长,却永远地离开了他所钟爱的军营。危急时刻,关参谋长拯救了战友,自己却以身殉职!

"风萧萧兮易水寒,壮士一去兮不复还!"申亮亮悲痛万分,撕心裂肺的哭声穿透了冷风凄雨,化为涌流的伟力。如今,松花江接走了军中英豪,老百姓却留下感天泣地的英雄传说。申亮亮也更加知道了军人的崇高使命!当党和人民需要你的时候,舍生忘死地勇敢冲锋!

3

"呜呜呜……我的个娘来,我那5万块钱还在屋里!多年积攒的养老钱要是没有了,俺老两口指啥过活!"

8月4日上午,申亮亮和战友们刚从洪水中解救出来的、被洪水围困了两天的老夫妇,此刻呼天抢地的哭声,让在场的每个人都为之动容,也深深地刺痛着申亮亮及战友们的心。

看着部队战士左右为难、忧心忡忡。旁边的镇、村干部忙劝解道:"好了,好了,人家解放军战士冒着生命危险将咱抢救出来,人平安无事就最好！钱等洪水退了，再找不迟！"

"哇哇哇……这钱就是俺的命根子！俺拼了这把老命，也得取回来！"

申亮亮果断地主动请缨，说："连长，让我带人再去！"

连长赵宁一口回绝："不行！看那洪水滔滔，钱重要还是命重要？"

采访中赵宁告诉我："这真是生死考验的时刻，我很不忍亮亮去，可看到他的坚定，又劝说不了他。其实，真的是危险重重，等于闯一次鬼门关！"

申亮亮迅速地绑紧了救生衣，说："我是农村出来的，5万块钱对于俩古稀老人，那是身家性命！请连长放心，我有把握！"

赵宁泪花闪烁，认真地看着申亮亮说："亮亮啊，这百年不遇的洪水真个非同寻常，关参谋长……我的心一直很痛啊。我们挽救群众生命，也得保障好我们自己的安全啊……"

申亮亮坚决果断、气壮山河地说："保证完成任务！"

"好吧！"赵宁无可奈何、干脆果断地说，"搜救一组，快去快回！"

镇、村干部急忙阻拦："解放军同志，别去！别去！……太危险，安全第一啊！"

风愈大，雨愈狂，滔滔洪水掀浊浪。冲锋舟马达猛烈轰鸣，劈开层层蜂拥而来的翻滚怪浪。申亮亮驾驶冲锋舟，在白茫茫水面摇摇摆摆，如临深渊。

"左边有漩涡，小心小心！"

"前边有根树桩，避开！避开！！"

暗流汹涌，漩涡处处，茅草杂物缠住了涡轮，冲锋舟被浪头拱起来，失去了动力原地旋转起来，恰似怒海里飘摇一叶。

申亮亮一边镇定地再次发动，谨慎地操舟，一边巧妙地躲避着暗流和漩涡里冲出来的漂浮杂物，战友们手心里都捏着一把冷汗。可看看申亮亮沉着坚定的模样，心里的忐忑总有些减轻。

冲锋舟艰难地颠簸到老夫妇的房屋前。好个申亮亮，从冲锋舟上一跃而起，捆腰、跳舟、破窗……茫茫雨幕中的动作一气呵成，战友们拉着救生绳，将申亮亮从破碎的窗户送进了漆黑的屋内，残存的玻璃在亮亮身上划开道道"血布鳞"。

半旧的房屋被洪水浸泡已久，此刻在洪水的冲撞下摇摇欲坠，发出咚咚的闷响声，不时有屋墙外皮或屋檐一角脱落，重重地砸起巨大水花，房屋将倾，房屋将倾啊！

战友们紧握救援绳的双手拉出了血痕，都为猫身进屋的亮亮捏着一把汗。他们牵引救生绳紧急呼喊着："亮亮，快点，再快点！"

亮亮双目圆睁，脚步快捷，一个箭步俯冲下去，找到了老夫妇的大衣柜，本来昂首挺胸的身躯此刻侧身栽倒，浸泡在雨水里，侧门也被杂物矮柜死死顶住。紧急时刻容不得亮亮多想，他猛然用身子顶开短柜，摸索着找到了老两口的黑色包袱。"找到了！"

救生绳拖拽着身体透支的亮亮，冷风凄雨中，所有的手臂紧紧托举，将几近虚脱的亮亮艰难地接到冲锋舟上。浑身泥浆的申亮亮举着黑色包袱说："给老人家……"再也说不出一句话来。战友们热泪奔涌："亮亮……"

冲锋舟刚刚歪斜着踉跄驶离，回头再看，排浪汹涌腾空横拍，破旧的老房瞬间支离破碎轰然倒塌，发出了沉闷无奈的叹息。

这惊魂的一幕，让老夫妇目瞪口呆。老汉再看亮亮舍命拼抢回来的"救命钱"，他狠狠地抽了自己两个嘴巴："我这是老糊涂了，钱重要还是孩子的命重要啊！"

老妪双手合十，惊喜中浑身哆嗦说："这回家里遭灾见到了活雷锋。感谢亲人解放军，感谢亲人共产党！"

4

盛夏酷暑堆积出的黑压压的乌云，化身淫雨飘落两天两夜。等到天上的惊雷滚滚，雨点密集到如筛豆般暴躁起来的时候，申亮亮悄悄地看了一下手表：凌晨三点，战友们都沉浸在劳累催眠的梦乡里。他蹑手蹑脚地下床，悄悄地穿着雨衣，拿着手电冲进狂风骤雨里。

2014年夏，申亮亮所在营按照预案到哈达山附近驻训。作为营车场负责人的申亮亮，这么多台装备轰隆隆跑在路上、忙碌在作业场上，更奔驰在申亮亮的心里。松花江的夏是多雨的季节，此刻申亮亮更关心的是临时车场边400米外的高地上，风雨飘摇中的鱼塘堤坝是不是牢固？一旦鱼塘决口，这么多车辆装备和值班战友，可就岌岌可危了。

申亮亮一步三滑地顶着风雨而行，几道刺眼的亮光划过漆黑夜空，天边轰隆隆滚过一片惊雷，他脚底下一滑就趔趄着栽倒在水洼里，手电筒也轱辘到草丛里去，肋骨和左腿隐隐作痛。申亮亮坚定地起身，将手电筒微弱的电光刺穿雨幕聚焦在鱼塘堤坝上。

手电筒微弱光柱里，申亮亮惊出一身冷汗。鱼塘里的水位猛然上涨，即将没过年久失修的堤坝，溃坝就在瞬息之间，后果不堪设想。申亮亮立即向营作战值班室报告。就在这风雨交加夜，全营官兵迅速集结而来，鱼塘立即加固和装备迅速转移同时进行。

"打开排水闸门！"这是排险要做的第一步。申亮亮没有丝毫犹豫带头跳了下去，湍流急漩立即将他冲得团团乱转，似乎顷刻间就要将他吞没。可亮亮稳稳神，与战友们一起，合力将排水闸门打开，上涨的洪水倾泻而下。可是，水位却并没有明显下降！

进水量太大，洪峰达到一定程度就要溃坝！应该用沙袋堵住进水口，才能保堤坝！可洪水流速太快，沙袋投下去瞬间无影踪，而要想稳固住沙袋，只有打桩了。事先没有准备，桩从何来？眼看着洪水滔滔翻滚，危机刻不容缓！

营长一声令下，申亮亮又是第一个跳下进水口，充当"人体沙袋"，战友们跳下去构筑一道手挽手、肩并肩的"人墙"，进水的速度明显迟缓下来。此时虽然是夏日，可冷风凉水里的血肉之躯依然打着冷战，流水如刮骨钢刀一般无情切割。此刻，支撑他们的是坚定的信念和满腔的热血！

"人墙"外，一只只沙袋肩负着抗洪希冀，被迅速投进排水口，直到上午9点，排水口最终被彻底堵住。而申亮亮及战友们，此刻全部被泥浆包裹，早就累瘫在地上，青一块红一块的伤痕累累，饥饿与疲惫不堪，让他们沉入甜甜的睡梦中，他们太累了……

采访中，申雪峰告诉我："事后申亮亮说，人民需要我们，军人在关键时刻就要能打能冲！兵越老胆气越壮！别说用身体堵水口了，到了战场，堵枪眼咱也得上！"

第五章　飘在军营的家

1

申亮亮每次从部队回家,总是出神地望着院子里的龙爪槐。金色阳光缭绕,春风和煦,脆鸣的飞鸟摇动一树婆娑,扑啦啦的扇翅声犹如一阵钝闷的枪声。父亲的宽厚大手搂住亮亮的肩膀,语重心长地说:"这棵神奇的大槐树,穿越枪林弹雨,越发是虬龙如卧了!"

1938年初春的夜半时分,敌后武工队的"汉阳造"和制作粗糙的"边区"牌手榴弹,在温县城头密集响起,火光冲天,城内为数不多的日寇惊慌失措。警哨急响,子弹乱飞,日伪军犹如热锅上的蚂蚁,唯恐被武工队"包了饺子",扔到黄河里喂鱼。

也就一眨眼工夫,敌后武工队已经悄悄地撤退到西南王村,袭扰归来,他们在大槐树下席地而坐,在日伪军的惊恐里安闲自得,来无影、去无踪地撤退。申亮亮的爷爷申玉先及村民们已经准备好了担架队,奶奶领妇女们则烙好了葱花油饼。

吃着满嘴流油的美食，武工队长豪迈地握住申玉先布满老茧的大手说："感谢乡亲们，咱共产党领导的游击队就是穷人的队伍，我们一定要把日寇扫净！"

申玉先后来知道，日伪军在"袭扰战""麻雀战"里晕头转向、惶惶不可终日，占领温县不过月余，就夹着尾巴龟缩而逃。"日本鬼子烧杀抢掠，坏事干绝！乱世人不如太平犬，没有国哪有家！"爷爷伤感地说。

大槐树下绑缚个干瘪草人，孩子们煞有介事地端着枣木枪猛刺："万恶的鬼子，看刺刀！杀！杀！杀！"麦草扎的"日本鬼子"粉身碎骨，坚硬如铁的枣木枪也遍体鳞伤。老槐树颔首欣慰，摇扇送凉。

又一阵密集的迫击炮弹，带着人民正义的怒火，呼啸着划过1947年的仲春，在国民党反动派的"还乡团"头上炸响，炸出了一片鬼哭狼嚎，也炸开了人民的欢呼雀跃。

嘹亮吹响的冲锋号，震荡在浓烈的硝烟里。晋宣帝司马懿生活过的古城温县脱去了阴霾沉沉的旧装，换上了喜气洋洋的新衣裳。

此时，太行部队的野战医院就设在西南王村的大槐树下。西南王村的男女老少齐上阵，男劳力在申玉先的统领下，带着小推车或担架组成救护队，到前线接送伤员；一个个农家院落成了"野战医院"的临时"病房"。

申亮亮的奶奶则带着巾帼女杰，在烟熏火燎的灶间准备饭菜。虽然粮食短缺，可是黄河里捞上来的欢蹦乱跳的鱼儿，山里采撷来的鲜蘑菇，池塘里挖出来的嫩莲藕、逮的肥泥鳅，做出了道道犒劳亲人的佳肴美馔。而自己却欢天喜地地捧着粗瓷大碗，嚼着淡饭。

解放军的伤员，咱群众冒着枪林弹雨抬来，申玉先宽厚的肩膀抬着晃悠悠的担架奔走如飞，快速穿插过熟悉的老河滩。被悉心呵护的伤员进了农家院落，妥善地安置在笑脸包围的亲情里，残酷战争划破的伤痕也瞬间减轻了疼痛。

带着典型黄河人家味道的滋补鲤鱼豆腐汤，冒着从地锅里柴火烧出的香味，小心翼翼地被长柄陶勺，轻轻地送到了伤员的嘴边。怜惜的泪水和感动的泪花常常交织在一起，滴落进鲜美可口的鱼汤里。还有清蒸泥鳅、糯米藕、葱花油饼，让伤员不断地补充着能量和元气……

爷爷常感慨地说："共产党是人民的大救星，没有共产党哪来的新中国！没有新中国，哪有咱穷人的扬眉吐气！"儿子申天国听到了，孙子申亮亮也字字入耳。连老槐树也侧耳聆听，鼓掌欢呼。

后来，当兵成为听惯了革命故事的申天国的人生梦想。他特别向往神圣的军营，穿越硝烟弥漫勇敢冲锋。18岁的他连年写入伍申请书，一直写到了22岁，终究未能如愿。

"如果我能踏进军营，这热血就咕嘟咕嘟地全身沸腾——那是我最大的梦想！"父亲的遗憾在申亮亮心头点燃，同样在18岁，2005年的参军季，申亮亮激情澎湃地怀着"军营梦"，积极踊跃地报名参军，接受军队的挑选。父亲的遗憾终于被他悄悄弥补，军营向他敞开了温暖的怀抱。

送别时，儿子拥抱着老泪纵横的父亲说："到了部队，我一定全力实现您的梦想，做一名优秀的革命军人！"说完，他给父亲敬了个还不太标准的军礼。

2

申亮亮少年时，一心要当"太极大侠"，可练着练着，练成了"四不像"。看的人都说，有点意思，像那么回事。但刚太多，柔太少，打起来虎虎生风，更像军体拳啊！

黄河、洛水翻滚出的阴阳图，滋润了闻名遐迩的古城温县，也让太极拳和陈家沟扬名天下。身处太极圣地，西南王村习练太极拳蔚然成风，"上至哼哼，下至能不能，大人小孩，都会扑腾"。申亮亮耳濡目染，懵懂少年就开始稚嫩地跟着大伯申思成一招一式习练。

青青田埂边，浓浓树荫里，煌煌晨曦中，溶溶月光下。申亮亮都会亮开架势，太极招式鱼贯而出，"金刚捣碓"雷霆劲猛，舒展开"白鹤亮翅"的畅意；"野马分鬃"的行云流水，收揽出"搂膝拗步"的坦然；"玉女穿梭"的端庄优雅，映衬出"青龙出水"的酣畅淋漓；"金鸡独立"的铿锵昂扬，勾引出"猿猴探果"的惬意；"单鞭""云手"紧相随，"高探马"迎来"闪通背"，好一通黄土飞扬，恰似那翔龙腾飞！黄发垂髫围拢过来，好一番交口称赞。父亲也叼起旱烟，露出满满的欣喜。

大伯申思成却当下喊停，严厉批评泼小子说："哪里跟的师父？太极拳刚柔相济，归在阴阳结合，重在内力发功，柔中蕴刚，绵里藏针，缓慢轻灵。你这倒好，闪转腾挪，腿脚出的那叫一个猛两个狠！"

年轻人都颇不服气，犀利反驳说："老申头，亮亮拳脚不赖！麻利嘎嘣脆，多得劲！看你们那一套，慢腾腾，轻飘飘，像个花拳绣腿的娘儿们不提劲，跟个懒洋洋的八十岁老头没睡醒一般，别再吹毛求疵了！"

申亮亮这时也一头大汗地说："太极拳讲究刚柔相济，我着重练刚！把刚练出来了，我就能去当兵！扛枪打仗，一扣扳机，嗒嗒嗒，嘟嘟嘟，一梭子连发子弹，冒着青烟。多带劲、多威武、多神气！"

周围人竖起大拇指："啧啧啧，这小子，还想'拳打南山猛虎、脚踢北海蛟龙'哩！"

升腾的"军营梦"，让亮亮练得日月交替、岁月更迭，他的太极剑更是别具特色呢！

剑光闪闪，招式连贯。"青龙摆尾"间，看"仙人指路"；"拨草寻蛇"时，突显"饿虎扑食"；"罗汉降龙"的霹雳勇猛，彰显"黑熊翻背"的狡黠；"燕子啄泥"的飘飞轻盈，引出"白蛇吐芯"的空灵；"摘星换斗"间"白猿献果"，"哪吒探海"时"韦陀献杵"，利剑翻飞手掌间，闪转腾挪卷尘烟。好一个哪吒出世！恰似那猛虎下山！

申明明告诉我："初一时，有个高年级颐指气使的'呆霸王'，一贯地霸道蛮横。一次欺负同学，硬是让亮亮摔了个狗吃屎！"

那是亮亮上初一的时候，看到那个"呆霸王"如老鹰捉小鸡一般钳住一嘤嘤哭泣的小同学的脖颈，眼放凶光。亮亮挺身而出，仗义相劝。没想到这"呆霸王"眉眼一愣，粗硕的手掌就抓住了亮亮的衣角："哪里冒出来的臭虫，不想活了是不是？滚！"

亮亮大喊："同学要和睦相处，不骂人不打架，更不准以大欺小。"

"呆霸王"看申亮亮振振有词，不觉间恼羞成怒，将亮亮推了一个趔趄，就要发力将他摁倒在地上。好个亮亮，此时猛然下蹲侧闪，一招"手挥琵琶"，借力打力反手将"呆霸王"摔在地上。围观的人一阵哄笑。

"呆霸王"气急败坏，此时愤怒的矛头对准了亮亮，仗着高出一头的体格优势，再一次"泰山压顶"般向亮亮砸下来，瞬间将申亮亮拦腰抱死，用蛮力将他掐离地面，就要将他摔出去。好个亮亮，此时淡然镇定，多年积累的身手让他在摔倒瞬间钩住了"呆霸王"的左腿，再抓紧左手腕一个翻转。此时再看，跪倒在地的，正是刚刚不可一世的"呆霸王"。如果亮亮使坏再一使劲，他就要来个狗吃屎了。

亮亮此时放开了他，拉起小同学，哄着他走开，留下了围观者阵阵杂乱哄笑声。"呆霸王"一脸羞赧，宛如斗败的公鸡。

3

飞鸟翔集的大槐树绿浪滚滚，穿过凉爽树荫的庇护，大步流星走来一位文质彬彬的中年人，他是村支部书记胡东兴的弟弟、红色收藏家胡东卫。谦和的笑容里神采奕奕，向我伸出宽厚的手掌道：

"欢迎作家，光临寒舍！"

我赞叹道："听明明说，你这里是亮亮最爱泡的'免费图书馆'，给'人民英雄'提供了最多的'精神食粮'，让人敬佩！"

胡东卫的三层别墅干净整洁，满眼的红木家具缜密有度、精美细腻，君子兰、龟背竹、虎皮蓝、绿萝摇动着精神抖擞的手掌，在洁白色地板上列队相迎。而更多列队嘉宾让我目瞪口呆：一排排老版革命书籍整齐有序，一对对金色毛主席像章熠熠闪光，一本本旧版连环画赫然在目，一个个具有红色历史的老物件琳琅满目，多达数万件，堆满了整整三层楼。

胡东卫说："亮亮是我家的常客，一泡一天，书籍随便看，饭菜随锅吃。这是哺育过'人民英雄'的书籍。我们村正在筹建红色博物馆！"

申亮亮能有幸与"红色图书馆"为邻，首先是一溜溜的小人书如枫糖一般吸引了他。这里有《岳雷祭坟》的一身正气，也有《海瑞罢官》的两袖清风；惊奇地探索《灰狐狸的秘密》，穿越时空约会《画眉嘴国王》，又和神奇的《淀宝潭》不期而遇……

更多的连环画，给亮亮打开了一段火热的革命岁月。从《淮海大战》滚过的硝烟阵阵，走进《野火春风斗古城》的斗智斗勇，《小游击队员石星》的机智勇敢，《力劈张天霸》的酣畅淋漓，《战斗在敌人心脏里》的慷慨悲壮，《集市锄奸记》的惊心动魄，机智的《夺刀》，神奇的《硬骨头六连》，《战地新歌》的嘹亮，《激战之前》的绸缪……

亮亮怀藏几本小画书，悄悄从胡东卫的家里出来，听到了大槐树下的历史掌故和革命故事，老人们绘声绘色的讲述萦绕耳畔。这个黄河岸边安静的小村落，区区数千人，80多人矢志从军！怎么涌现出这么多热血报国的军旅英雄呢？

游击队长刘鼎臣从伏击日寇的硝烟里，背着红缨大刀、提着驳壳枪冲出来。他大嗓门红脸膛，高大魁梧，刀片血花横飞，负隅顽抗的鬼子瞬间见了阎王。刘鼎臣和游击队员们打了个呼哨，队员立即化身飞行军，又隐没在深深太行山里。

蔚蓝的天空突然传来飞机轰鸣声，我国早期女飞行员任珺驾驶着飞机，俯首间看到了悠悠黄河和河边的故乡。巾帼不让须眉的她，是黄河水将她哺育长大，娇弱女儿却有着男儿志，钟情于守卫翱翔在祖国的长空，等到飞机和她成为合格的战斗伙伴，她也练出了一身的硬功夫，横空出击，壮志凌云……

三千里江山，西南王村走出来的赵亮、赵贤兄弟，怒目闪闪喷烈火，跟随着志愿军以铁钳合围的"口袋阵",化解了敌军的钢铁洪流。志愿军神威勇烈,乘胜追击。停战协定签署的胜利时刻。两兄弟虽然浑身挂彩,但想起无数像西南王村安居乐业的乡亲,那份豪迈溢于言表。

村里又走出了投身军营四兄弟:自卫反击战中的大哥李进才,孤胆英雄让敌人闻风丧胆;二弟李永高忠心耿耿英雄胆,曾建立功勋;还有三弟李永强、四弟李青才也都在军营里燃烧青春,捍卫着一道牢不可摧的钢铁长城……

亮亮何时从骨子里、灵魂上献身军营了呢?2005年征兵季节,亮亮骑着大链盒永久自行车,早早地来到了县武装部,此时院子里静悄悄的。亮亮自行车一扎,默默地抡起了大扫帚,直到院子焕然一新。他引起了征兵、带兵人的关注。"你叫申亮亮啊,好同志!咱部队就需要你这样的兵!"

他一路过关斩将,顺理成章地穿上国防绿。这咋会是偶然的呢!

4

采访眼看到了午饭时分,我收起采访本就要辞别。可申爸爸严厉认真地说:"到家就是客,我已让你大妈烧了几个菜,咱随便吃个饭。你要走,我可要生气。"

清香扑鼻的农家菜被端上来,一盘爽滑酥嫩的砂锅红烧肉,一盘唇齿留香的柴烧鸡,一盘色味俱佳的番茄鸡蛋,一盘营养丰富的凉拌茄子。地道的农家小炒,玉盘珍馐;素雅的淳朴浓香,秀色可餐。

申爸爸说:"你大妈做的砂锅红烧肉,是俺亮亮的最爱,吃一口香三天。五花肉切块,用糖色腌匀,放入油锅中稍炸后捞出。葱姜入锅翻炒片刻,倒入料酒、酱油、鸡汤,随后将猪肉、精盐、味精、八角、桂皮依次下锅,烧开后关小火,板栗用温油稍炸,等肉八成熟时下锅同煮,肉烂时加入湿淀粉即可。"

色泽红亮、肉质鲜嫩的红烧肉入口,酥烂不腻,馥郁馨香。我不觉间赞道:"果然是黄河人家一道入骨透髓的美味佳肴!"

申妈妈唏嘘道:"亮亮当兵这11年,探亲在家的时间加起来不过三个多月。2008年汶川地震那年,俺做了那么大一桌子他爱吃的菜,到了饭时,可亮亮愣是没吃上。到家打了个卯,就让部队的紧急电话催走了!"

2008年的5月份,是申亮亮到部队后的首次探亲。三年没能见到亮亮了,一家人都在翘首以待,望眼欲穿的思念期盼着东北呼啸而来的火车。父亲早早就来到集市,五花肉、大鲤鱼、羊腿、柴烧鸡装了满满一大筐,烹炸煎炒的热闹随着欢笑迸溅,明明、海霞带着孩子都回来了。

飞速的列车载着归心似箭的申亮亮。他看着窗外掠过的风景,穿沈阳,过天津,越石家庄,不远处巍巍太行沧桑横亘,绵延不绝,遥远的家乡倏忽间扑入眼帘。他似乎听到了黄河的波涛澎湃声,滔滔千里。渐渐地,他闻到了老河滩的阡陌气息。

下午,电视里传来紧急消息,汶川大地震须臾惊碎西南的美丽山河,中华儿女瞬间凝聚在一起,众志成城,万众一心,冲向地震后一片狼藉的废墟。

"来了!来了!"迎接的人群看到了威武的军人,他大步流星甩开铿锵的步伐,踏过西南王村熟悉的每一寸土路!

第五章　飘在军营的家

浓浓亲情氤氲在潺潺流淌的蚰蜒河，军人的风采绽放在熙熙攘攘的农家小院，老槐树端坐颔首送来缕缕清风，远来的亲人浓密的乡情将小院填满。炊金馔玉、肥肉厚酒，农家流水席粉墨登场！

"贵客来到，入席，入席！"这时，亮亮的手机急促地嚣响起来，他立即站起恭敬立正："首长好，……刚到家！……是！……是！……是！"

放下电话，父母惊问："刚到家，部队又有什么事？"

亮亮怜爱地看着日益年迈的父母，痛心地说："接到首长命令，我们部队整装待命，随时准备赶赴四川救灾，我得即刻返程！"

父亲跺着脚说："饭也好了，人也齐了，再急，总得吃过饭再走！"

亲朋好友都焦急地围拢过来："亮亮，三年不回家，咋能说走就走！"

还有人横架亮亮的胳膊坚决拦住："总得喝两盅，垫垫肚子再走！这么多人都等着！"

亮亮声音低沉地说："灾难当头，军令如山。现在正是需要我们的时候，我的心此刻早已飞回部队……"

父母心酸地冲他挥挥手，早已热泪盈眶。人群分出了依依惜别的过道。亮亮抚过母亲额前的一缕灰白的头发，说："保重身体！"眼中似有晶莹的泪水。

夜幕很快笼罩下来，亮亮从温县紧急打的赶往郑州。电台里滚动播放的地震消息，让申亮亮归心似箭、焦急如焚。谈话间，司机知道了这兵哥哥原来是紧急赶回部队，随时准备奔赴汶川抗震救灾，讲定的路费在崇敬中化为友情相送，并塞给他一包黄澄澄的怀菊花，转身冲亮亮含笑挥手送别，心头暖暖的亮亮满怀激动地踏上征程。

第六章 "绿巨人"偏爱"活字典"

1

2013年11月,晋升上士的申亮亮"升职"了。因为驾驶维修装备的才能突出,他被擢升到营部任车场负责人。

这个岗位负责的是全营枢机重地。300多台全机械化的现代化信息集成装备,一眼望不到边,技术含量高,装备更新换代快,保养任务琐碎繁重。

申亮亮知道,站长虽小,职责重如泰山,既是营里寄予的殷切厚望,一副信任的重担,更是一份沉甸甸的荣耀。

"亮亮,这可是我们营的重要岗位,有没有信心干好?"营长关心地问。

申亮亮立正敬礼:"保证完成任务。党组织把我放这个岗位,我竭尽全力!"

申亮亮在心里说：这么多台装备，可都是咱营唱"主角"的"亲密战友"，横扫战场、威猛无比的"大力神"，你要是照顾它们，这可是无与伦比的战斗力啊！如果有半点疏忽，岂能对得起这身军装？那真是无地自容啊！

申亮亮一头扎进车场里，欢欣鼓舞地冲进他的"亲密战友"中间，时刻跟它们黏在一起、打成一片。他认真地拿着登记本做台账，每台装备的详细资料分门别类一项项记录下来。

走过每一台装备，他都在心里和"绿巨人"打招呼：嗨，你好啊，老伙计！"大力神"似乎感受到他的善意，"变形金刚"张起双臂、眨着眼睛友善回复。

这一溜是推土机。遇到坎坷不平的道路，担任"带刀护卫"，巨大的铲刀击碎重重障碍，推出一条条通衢大道……

这一排是挖掘机。伸开的铲斗挖沟掘地，钢铁巨臂如入无人之境，想要的土方只有乖乖地乾坤大挪移……

这一望是装载机。对于堆积的砂石或土方，英雄有了用武之地，在它巨大的"魔爪"里，悄悄地变废为宝，悄悄地让山河改变了模样……

亮亮最钟爱的是"两头忙"，也称"二合一"。这些"战友"堪称"劳动模范"，只需掉头"变脸"的工夫，前头是挖掘，后头就是装载，一台机械可干两样活，实在讨人喜欢！

还有更多的翻斗车、瞄杆钻车、平路机、吊车、牵引车、压路机……

清晨，申亮亮满怀欣喜地望着整洁一新的大型装备英气勃发，笑容满面，深情的眼眸里目送威风凛凛的战友出发，地平线上滚动着一个个雄壮的身影，心里贮存满满的幸福感。

下午收车时，申亮亮拿着登记本，严肃认真、一丝不苟第一台台检查验收，丁是丁，卯是卯。看车辆装备脏了，对不起，抓紧去刷车。详细地询问车况，行驶干活正常不正常？有没有异常情况？一边问，一边围着上上下下、里里外外地扫描一遍，并认真做好记录。

有的车辆太脏，战友就想通融蒙混过关，说："申大站长，这火眼金睛，够厉害啊。咱都老战友了，别这么认真。"

申亮亮一本正经地说："你是我的战友，它也是我的战友，我不能厚此薄彼吧！谁不洗脸能出门？你动动手的工夫，给它梳妆打扮一番，旧貌换新颜，再开出去，你不也春风得意吗？去吧！去吧！"

在检查中，亮亮往往能发现大问题。一次有台挖掘机回来，例行检查中，驾驶员说一切正常。可申亮亮却一脸疑惑，说："正常吗？我听着声音有些不对劲，好像有些憋气的感觉，是不是行走马达的问题？"

他一边说着，一边去仔细地查看，果不其然，行走马达的油管接头渗油，立即进行了更换。战友奇怪地说："你咋能听出来？长着顺风耳吗？'大神'啊！"申亮亮笑道："听得多了，熟能生巧罢了！"

到了春季保养的季节，这是车辆装备休养生息、全面"体检"的重要节点。申亮亮更是成了大忙人，连轴转成了他的常态。他台账详细清楚，按照保养规范要求，严格操作，精益求精，油、水、电、气、路，一样都不能少。

"身体健康是根本，咱装备也一样。要让马儿跑，就得护理好。带病工作，出了半点纰漏，就可能有'千里之堤，毁于蚁穴'的灾难。"申亮亮一板一眼地说。

2

爱装备就是爱生命，保装备就是保打赢。

2014年，申亮亮迎来了作为营车场负责人的第一次全营装备春季换季保养。那么多台的车辆装备，等来了难得的全面"休整调养"期。保养工作千头万绪、夜以继日，方方面面都要操心。申亮亮忙得脚不沾地、废寝忘食。

打仗就是打装备。这技术集成高的车辆装备，天天出大力流大汗，如果做不好保养，也是容易"头疼脑热"的。亮亮知道，这些膀大腰粗的"大力神"，都立下过汗马功劳，是部队的"赫赫功臣""霹雳战神"，绝不能让它们受半点委屈，保养就是让它们从里到外清清爽爽、旧貌换新颜。

春季保养分批次、按计划进行，车辆装备从内到外、从上到下，全面进行检修、保养，扫除装备的微恙，让他们达到最好的战斗状态。对申亮亮来说，他对春季保养的每一个节点可谓严苛至极，不允许出半点纰漏。"保养不好装备，何谈生成所向披靡的战斗力！"

轰隆隆的推土机开来了，巨大的履带卷起纷乱的沙砾，停到了申亮亮面前，老战友赵闯从驾驶室里跳下来，捶了一下申亮亮的肩，风风火火地说："这家伙，当个站长就不认人了。快点给我换机油，全面保养保养，十万火急，等着出任务。还有，车辆启动有点迟钝，不值当报修理连了。你这大神，调试调试，用四两给我拨拨千斤。"

亮亮应道："你稳坐钓鱼台，我一眨眼的工夫，给装备'挠好痒痒'，决不能带病上路。得抓紧呀,迟了,又排队一大溜。"他麻溜地找到梅花扳子,就要去看变速油路细滤器测压口,他要给它排排气,让启动变得灵敏。

赵闯突然发现了新大陆似的说:"哎哟,你这咋啦,熬出黑眼圈了,这春季保养任务重,注意休息啊!"

亮亮一边使劲拧动着扳子,一边与老战友唠嗑:"真想睡三天三夜,可是这么多装备不保养一遍,我是寝食难安啊!"

钢铁扳手在亮亮健硕的手臂里发力,细滤器螺丝却纹丝不动,手臂的筋骨集聚加劲,扳手铮铮作响。

螺丝突然松动,扳手顿时失控,亮亮的左手狠狠地撞在钢铁的尖角上,扳手也撞落飞出。左手掌顿时痛彻骨髓,痛出一身冷汗。

赵闯闻听一阵风跑过来大喊:"咋啦,咋啦?!亮亮。"看着亮亮龇牙咧嘴的样子,过去一看手掌青了一大块,赶紧说:"哎呀呀,手受伤了!快走,抓紧去卫生队!"

亮亮甩着手若无其事地说:"没事!没事!离肠子远着呢!"说话间用右手将螺丝松好,"轻伤不下火线。血丝都没冒,没什么事。"

后来检查知道,这手掌伤得不轻,两根手指骨折!可轰隆隆的车辆装备鱼贯而来,雄壮的"绿巨人"耀武扬威,等待亮亮送上"开春大礼",密不透风的忙碌赶跑了阵阵疼痛。

看看天将黑,亮亮正待收工休息。又一辆挖掘机轰隆驶来,也是急等着明天出任务的。亮亮疲惫不堪,可看到任务顿时又打起精神,麻利地按照程序体检、换机油、保养,他仔细检查每一个细节。

突然,他发现车肚子下似乎有些异常,就钻进去查看。哦哦,原来底盘挂上一些杂乱铁丝!这时驾驶员也钻过来,二人用钳子清理起来。

亮亮笑着说:"这些不期而至的'吸血鬼',吸附在发动机的肚子下,也能构成安全隐患。"

突然,在驾驶员抽丝剥茧的时候,一根异常顽固的尖利的铁丝不觉间划破了亮亮的右小臂,看着鲜血从划烂的衬衣下渗出来,驾驶员赶紧丢掉钳子,握住亮亮的胳膊说:"对不起,对不起啊,站长,咱赶紧去包扎!"

申亮亮笑着说:"整天摸装备,磕磕碰碰的,有啥要紧?等回去,我抹点碘酒就算了!"可医生看了伤口后却果断地给他缝了三针,包扎起来,开了消炎药,要求他休息一周。亮亮点头应允,可他根本没有理会这档子事儿。没事人似的回到岗位上,一如既往忙得脚不沾地。

3

2014年秋,一场大型实兵对抗演习,在风光秀美的科尔沁草原打响。申亮亮随部队组成的钢铁巨龙,斗志昂扬地穿过广袤无垠的草原绿浪。他深情地穿行在祖国北疆的辽阔大地上,一阵阵心旷神怡。

战友们此刻英姿飒爽。长长的车队轰隆隆震动着演习场,一台台新装备威风凛凛。这些更新换代的矫健"大力士",在战士们的脚下虎虎生风,滚动的车轮呼啸向前,硕大的臂膀蓄势待发,真是"力拔山兮气盖世"!

眼看演习即将开始,这节骨眼上,一台刚服役的崭新挖掘机,毫无征兆地"趴窝"了!这战场上的突发状况让营长手足无措,急忙让装备助理联系厂家售后，就算人家技术员立即飞来，辗转也得一天，这黄花菜都凉透了？

可战场瞬息万变，时不待人。新式装备如果再"沉默趴窝"，不能"妙手回春"，迅速恢复战斗力，缺少一台主力装备的演习，怎能势如破竹地推进战斗进程？！

营长将目光投向车场站长申亮亮身上："亮亮，争分夺秒，速战速决，完成启动任务。"

临危受命的申亮亮，此刻沉着冷静，立即拿出装备的详细资料，加上自己的平时积累，用火眼金睛细致而快速地检查、调试起来，先导溢流阀、电磁阀、线圈、先导锁开关、供电线路……"趴窝"的原因是输出动力不够，这是新装备，质量肯定过关，问题到底会在哪儿呢？

申亮亮的心里多少是有些底气的。交付装备时，他缠住技术员刨根问底了一番，对新装备的性能有了全面的熟悉掌握——这是他的习惯，对每一台装备知根知底，摸透情况，才能有的放矢。如果对这"新战友"一知半解，万一发脾气咋办？眼下，它就冷不丁地"罢工"了。

好大一会儿，在装备上爬上钻下的申亮亮，终于面带极度疲惫的胜利微笑，从驾驶室里兴奋地跳下来说："可找到元凶了，不过是电磁阀供电保险盒里，一个小小固定夹脱开。我的天咧，害我出了一身臭汗！"

战友们都过来忙给他捶背打趣："快歇歇！给你泡壶上好龙井！"

灰头土脸的申亮亮爽朗地说："演习就是打仗，处处都是冲锋！信息化战争讲究的就是'精准'，瞄准未来战场咱们也得靠'精准'。只要装备重抖擞，头断血流也不惜。"

被修好的挖掘机重新启动，轰隆隆的吼声震荡着演习场，焕发出了它无可匹敌的战斗力，工程进度足足提升了40%。

2015年3月的一天，一辆推土机在外面执行任务时，突发故障，无论如何加油门，输出的动力依然不足。随队的新老技术骨干"捯饬"了半天，也没能"手到病除"。于是，一个救急电话打给了申亮亮。

"2216车？"电话里申亮亮胸有成竹地说，"让发动机的声音再大些，对，你把手机放到排油口附近。"

装载机的声音通过手机传输，申亮亮一番细致入微的"听诊"，"听声音是油路堵塞、供油不足的问题，重点检查滤清器、中央回转接头、减速箱，八成跟滤清器清理后没有放气有关。"

战友们赶紧按照申亮亮的要求去办，真是四两拨千斤，手到病除。推土机重新焕发伟力，顷刻间精神抖擞，硕大的铲刀推土翻滚。

战友们啧啧赞叹道："这亮亮，一摸就知道毛病，一听就听出问题，真'神'了。"

采访中，申亮亮生前所在营现任车场负责人鲍捷钦佩地告诉我："你不知道，这家伙脑袋里，白天黑夜地都在琢磨这些装备，那脑瓜就是'移动数据库''活字典'，哪台车啥脾气、啥毛病、啥性能，人家闭着眼门儿清。'宝剑锋从磨砺出，梅花香自苦寒来'，只能说人家功夫深，真打心眼儿里佩服啊！"

凭借着对全营装备车辆的行驶公里数、常见故障点"一口清"，"活字典"申亮亮成了技术"大拿"。有时候申亮亮休假，遇到技术难题，求援的电话也会纷至沓来，手机也成了解决故障的"遥控器"，申亮亮三言两语间就抓住了要害，迅速解决了棘手问题，谈笑间"运筹帷幄之中"，轻松间"决胜千里之外"。

4

都说车场站长是容易得罪人的"力气活",申亮亮一笑置之:"一切按照规章、制度来,有啥难的?"没想到,申亮亮第一个得罪的,就是老连队的连长!

原来周五保养装备日时,老连队参加人数不足规定比例,本来都是朝夕相伴的战友,脸熟面花的,随意找个由头都行,哪就这么死板?可申亮亮却铁面无私,坚决要求将人数补齐,没有半点通融的余地。

僵持之际,连长气喘吁吁地过来,将申亮亮拉到一边说:"亮亮啊,我待你不薄吧?下周比武,连队的轻武器需要保养,我就多留了几个人手。给个面子,高抬贵手,不能绊我丢人吧。"

亮亮认真地说:"连长待我如亲兄弟,永远是我的好战友。保养轻武器重要,保养我们这'大力神'不重要?这人情,我给不了。连里不补齐,我只有据实上报。"

连长碰了铜墙铁壁,只得照办。不几天,连长又喜滋滋地找到亮亮,说是大学战友一家来部队,想看看咱营的装备,也算交流一下。"不行!"申亮亮斩钉截铁地说,"违反保密规定,我不能破这个例!"

"都是战友,也就看一看,又看不少个皮毛,多大点事儿。"连长满不在乎地说。

亮亮任凭连长好话说尽,就是缄默以对,连长只得叹口气:"一当官就变脸,不是咱连队那个有情有义的亮亮了。"不高兴地悻悻离开。

没多久,申亮亮却主动找到连长道歉。连长拍着亮亮的肩头说:"亮亮啊,该道歉的是我!车场是部队的重中之重,理应严格管理。为大家好,也是为我们连队好!道是无情最有情。我敬佩你,是条铁血好汉!"

嘹亮的号角,穿过申亮亮忙忙碌碌、风雨兼程的日子,和车辆装备一起奔走。他每天都在车场巡查行走,高屋挑梁的仓库,整齐排列的车辆装备,蓄势待发的强大战斗力,都让申亮亮心满意足。只见它们在清风朗月中安静地入眠,养精蓄锐,只待重出江湖的一声地动山摇的怒吼!

2016年元旦刚过,亮亮就主动找到知心战友鲍捷,要请他吃羊肉烧烤。鲍捷受宠若惊地说:"哥哥,老让你请我,我欠你的情深似海,这情咋补?"

原来,同申亮亮一样,鲍捷也痴迷机械装备。2009年,申亮亮和鲍捷因开装载机结缘,亮亮手把手倾囊相授,从理论到实践,从跟班到操作,悉心指点,不厌其烦。

鲍捷勤学苦练,很快推挖装也都摸熟了。鲍捷就想请申亮亮吃顿大餐,补补这个情。虽然心意是满满的,但结账时都是亮亮付钱。

黄嫩酥软的大块烤羊肉上桌的时候,香气扑鼻。二人以茶当酒,大快朵颐。"东北羊肉嫩而不柴,鲜而不腥,肥而不腻,真是咱吉林一绝!"鲍捷高兴地说。

鲍捷回忆起那天的情景说:"亮亮跟我在一起,向来开朗乐观,阳光又帅气,从不见皱眉。可那天吃饭,我就明显地看出亮亮心事重重,忧郁而惆怅,我就单刀直入地问他:'亮亮,有啥事你就直说吧,只要我能帮忙的,赴汤蹈火,在所不辞!'"

鲍捷一席话让申亮亮眼光一亮,在知心战友面前,他就将心事和盘托出："维和任务很快就要下来了，这可能是我最后的机会了……我是下了最大决心的，可就一件事我放心不下……"

原来申亮亮最放心不下的，还是这么多的装备。他考虑着，营部车场负责人，职位不高，关系重大，必须找一个稳妥细致的人，才能确保这么多装备好好运行。他认定的合适人选就是鲍捷，可又不知道鲍捷意下如何。如今就将心思和盘托出。

鲍捷一拍桌子说："我欠你这么大个人情，岂有推辞之理。可是这得组织决定，我答应了也没戏。"

申亮亮高兴地紧握鲍捷的双手说："我就知道，你鲍捷关键时刻冲得上去！我已经给营长引荐，就差你点头了啊！好，太好了！这下去维和，我就能放心了。"

鲍捷接过申亮亮的担子，兢兢业业，夙兴夜寐。车场的日子忙忙碌碌，大型装备出出进进，不觉间又更新换代了一批。亮亮牺牲后，鲍捷撕心裂肺地恸哭，这些装备也仿佛侧耳倾听，默默涕零。

第七章 编外"副营长"

1

"编外'副营长',挎个'百宝箱';真是'活雷锋',好事一箩筐!"

申亮亮是个闲不住的人,喜欢管些零零碎碎、边边角角的事儿,可年头多了,这小事小情也就有了"半火车",战友亲切送他雅号:"副营长"。

在战友们的称颂声里,丰满营区悄然闪耀着一个"活雷锋"的身影,申亮亮带着憨厚纯朴的笑容,来到连队学习室,默默地从挎包里掏出铁锤、钢钳、钉子,很多一坐上去就"嘎吱"作响的破木凳和几张腿脚歪斜有些可怜兮兮的旧条桌,此刻正在他凌厉的眼神里等待修复。

"梆梆梆……"

粗硕的手臂苍劲地挥动,方向准确的铁锤轻轻颔首,将坚实的钉子噙住盘桓的裂缝。当一排排钉子被整齐地揳入桌凳,那几道歪斜的

"隐形伤口"痊愈如初，重新支棱起端正板挺的精气神。战友申雪峰故意过来猛力推搡，那桌椅依然是站如松、坐如钟。

原来，昨天在理论学习时，课堂上战友们入耳入心的讨论，见微知著的学习，却让歪斜的桌子和时而嘎吱响的凳子不断地搅乱着心情。好在讨论的气氛如此热烈，大家似乎对这点鸡毛蒜皮忽略不计。

也有战友捣鼓说："这桌椅个个是老古董，有历史年头了，反正长桌子高板凳，都是木头。看来只能等坐烂了，当柴劈。"

申亮亮却神秘地说："桌凳虽老，风骨却硬。不过患了小恙，几个钉子的事儿，手到病除。"

岁月的剥蚀让整洁的丰满营房，多处墙皮斑驳脱落，角落或墙根处的侵蚀在所难免，狂风吹动灰尘飞扬，似乎这是营房部门的工作。这些"牛皮癣"却招惹了申亮亮，弄得他寝食不安。

申亮亮一有空闲工夫，就弄来刷墙白灰，轻轻浇水慢慢调和匀称，成为干稠搭配恰当的涂料。用铲子先将破损墙皮清理掉，慢慢地把毛刺刮得平平整整，再用涂料慢慢刷匀。亮亮妙手生花，兢兢业业地将破损墙面涂抹得平平整整、干净整洁。

飞落的白灰溅落在他的丛林迷彩服上，似乎看不到污点，却显得更错综迷幻了。旧日破败随手而去，焕然一新让人眼前一亮。

战士们围拢过来，连声啧啧称美，想帮忙也插不上手，纷纷说："也别说，'副营长'这一摆弄，新颜明丽，眼前一亮哦。"

申亮亮就笑逐颜开地说："都别沾光了，反正我这身衣服也该洗了。营房给咱遮风挡雨，也得给它美美容不是？"

2012年冬夜，滴水成冰。营区窨井里突发水管泄漏，阀门闭死后，如何尽快地抢修通水，谁也没有这方面经验，大家不觉间面面相觑。

打电话联系专业维修人员，答复说等到第二天上班。这时候，只听洪亮的声音响遏流云："我来试试！"

又是申亮亮挺身而出！大家的目光不觉一亮，自然知道申亮亮好捯饬些小东西，可这修水管的事儿，滴水成冰，黑灯瞎火，他能顺利排除故障吗？

好个申亮亮！带着工具、手电蹬着便梯，麻溜地下到窨井内。这窨井虽然不深，但十分狭窄，湿漉漉犹如冰窟，数支手电筒一起照射，窨井内顿时亮如白昼。申亮亮查看泄露点，犹如过筛子一般搜寻，翻来覆去地一处处查看，不放过任何可能的"瑕疵"，阀门的滴水被检出"蛛丝马迹"，此时换上一个新的阀门螺丝垫，会不会排险成功呢？

"应该是这个阀门螺栓松动的问题，我加个垫子，再拧紧，期许大功告成！"申亮亮在下边喜滋滋地说。

大伙儿都赞道："好啊！咱'副营长'名不虚传。"

不过十分八分，新丝垫披挂上阵，松动的螺栓被牢牢拧紧。亮亮松了一口气，满身轻松地从窨井里出来，在手电筒的灯柱里，满头冒着氤氲热气，脸上却堆满排险后的喜悦，无数双手落在他的肩膀上："没有金刚钻，也敢揽瓷器活。这家伙，真有你的！"

2

在部队，我见到了排长马莽莽。提起申亮亮，这位干练的小伙子，顿时眼角湿润，唏嘘落泪，感慨说："是亮亮班长点亮我的熠熠军旅梦！我总会魂牵梦绕间想着他……"

2009年，马莽莽怀着一腔报国的热血，从革命老区信阳光荣参军入伍，那时他还时时沉浸在高考失利的阴影里。没能考上理想的大学，成为心中隐隐的伤痛。

"论平时成绩，我过重点线是妥妥的，可一到考场脑子就迷糊、紧张，于是成绩发挥失常了。"马莽莽此刻笑谈当年，大幅灿烂阳光铺在他的笑容里。

部队火热的"大熔炉"里，马莽莽结识了生命中心心相印的战友们，更有一如大哥哥般无微不至关怀自己的申亮亮。亮亮外向开朗，战友的事情总是主动操心，见到老乡马莽莽更是如此。

在与莽莽的交心中，申亮亮对他说："莽莽，你的基础底子不错，咱部队建设更需要高层次人才，我看你应该重拾书本，考军校。只要你坚持努力，就能鲤鱼跳龙门！"

马莽莽当时对这些真有些迟疑，就推心置腹地说："我也想考军校，可也一年多没摸书了。咱部队训练也够紧张，万一考不上，又落个笑柄！"

亮亮诚恳地劝慰道："你到底想不想考？是金子就要发光，部队鼓励学习，关键在你有没有信心。咱打胜仗需要新科技、新知识、新装备，大老粗是不行的！"

马莽莽点点头说："想！梦寐以求！"

没过几天，申亮亮从长春出差回来，从包里掏出一摞齐整整的书籍，郑重地递到马莽莽的手里："吃透这几本书，军校的大门就向你敞开了。扎根连队，建功军营吧！"

马莽莽告诉我："当时我心头一热，泪水就扑簌簌滑落。那种大哥哥般纯真无瑕的热忱关怀，一直温暖着我。"

可是部队的自学和课堂里的学习大相径庭，紧张的军营生活，丰富多彩的文化活动,常常让马莽莽分神。学习真是件孤寂前行的苦差事,能不能走通并到达光辉的顶点呢?!悬啊!苦恼也萦绕而来。

一转身,亮亮就坐在身边,笑眯眯地看着他,抚摸着他的肩头,不说话,却传递着全部的坚强和温暖。马莽莽此刻那种彷徨的心立即专注起来,抱住书本读起来,本来底子不错的他,在书海里硕果累累。

一次,到了夜半时分,还差半小时就该站岗了。马莽莽正全神贯注地抱住书本啃着,演算推理,背诵记忆,不觉间一个多小时过去了,等他回过神来,天哪!居然错过了站岗时间,他立即惊出了一身冷汗。

马莽莽急忙将书本揣进兜里,三步并作两步跑到岗哨,却看到申亮亮正在替他站岗。申亮亮看到马莽莽惊慌失措的样子,翘翘嘴角笑笑说:"好兄弟,有我在,专心学习去吧!"

考试冲刺关键阶段,重感冒却劈头袭来,马莽莽发烧,身体虚弱,吃不下饭,眼看着消瘦。一碗热腾腾的羊肉烩面冒着丝丝热气,端到了马莽莽的跟前。申亮亮笑眯眯地说:"起来,兄弟,趁热吃!"接着一碗滚烫的姜糖茶。亮亮又端来一碗热腾腾的羊肉汤,配以现做的葱花烙馍,马莽莽吃到了最熟悉的家乡味道,心里暖烘烘的,感冒很快不药而愈了。

就要上考场了,可马莽莽却又紧张慌乱起来,以往的考场综合征悄悄而来,送场的申亮亮隐约感到了马莽莽的不安,扶住他的肩头说:"马莽莽,你是勇士部队的一员,一名革命军人,现在就是到了上战场的时刻,你要勇敢地向前冲!胜利一定属于你!冲锋!"

瞬间,马莽莽镇定下来,在亮亮坚毅的眼神里,他坚定而大步流星地走进考场。那一场考试他答题异常顺利,如有神助,最终顺利地被解放军理工大学录取。

毕业时，就在队长征求马莽莽的分配意向时，他突然听到了申亮亮壮烈殉国的噩耗。痛苦心碎的马莽莽，本来机会多多，却只填写了这松花江畔的老部队，来到这片申亮亮魂牵梦绕的热土上。

"父亲曾建议我回河南，老家多好，气温不到零度，气候宜居；东北零下30多度，冰天雪地。但亮亮的精神感染了我，我来这里，我能感受到亮亮的存在，他一直在我身边。"

马莽莽自豪地告诉我，团结紧张的军营里，现代化的知识让他如虎添翼，他感到自己也变成了申亮亮，看到更多申亮亮的身影。

3

"一训练起来，我处处垫底，真没劲！"乔治懊丧地垂头丧气，看着战友们矫健强壮的身板，有些瘦弱的他，此刻显得弱不禁风。

"你是个钢铁军人，你保准行，只要你愿意！"申亮亮坐在他的身边鼓励他，眼里写满了关爱和诚恳。面对申亮亮的坚定执着，乔治对自己却没半点信心，心里如同打鼓一般。

乔治是2013年新兵下连的大学生士兵，性格内向沉静，言语不多，和战士们的生龙活虎相比，更多了"文绉绉"气息。战友们练体能、练技能、打比赛，大家都嗷嗷叫地冲锋，再看乔治，脸红脖子粗，他瘦削的身子减弱了力度，孱弱的体能减缓了速度，时常垫底的结果打击了自信心，乔治更加郁郁寡欢了。

申亮亮看在眼里，记在心里。他便主动地和乔治黏在一起，犹如一团热情奔放的暖光，无微不至地嘘寒问暖。乔治很快接纳了这个知心战友，有事也愿意主动找亮亮帮忙。开朗外向的亮亮，要开启乔治沉闷的"心锁"。

这天，乔治的眼镜片裂了，他默不作声地摘下来放起来，不愿意占用周末名额外出。失去了眼镜的鼎力支持，近视眼的乔治干起工作来如"睁眼瞎"一般，眼睛睁得囫囵圆，却看不清外面的世界。

申亮亮发现了乔治的窘境，主动依偎过去小声关切问道："弟弟，你的眼镜怎么不戴了？坏了吗？"

"嗯。"

"坏了，咱抓紧去修。离开眼镜不成睁眼瞎了。"

"哦。"

时间来到周末，不善言辞的乔治被申亮亮领着来到眼镜店，验光、选镜片、讲价钱。乔治嗫嚅着说："凑合弄个算了，能戴就行！"

申亮亮斩钉截铁地说："弟弟，眼睛是心灵的窗户，不亮要耽误大事。眼镜咱就选最好的，算我送你的！"

乔治激动地阻拦："班长，不行！不行！我有钱！"一副明亮的眼镜让申亮亮走进了乔治的内心世界，赢得了乔治的感激和信任。

看着乔治戴上了新眼镜，申亮亮二话不说，就带他来到操练场。亮亮保持着立定军姿，严肃地对乔治说："你想不想练好体能？我想听一听你发自内心的声音！"

"想！"乔治也雄姿英发、满怀信心。

申亮亮说："体能是日积月累练出来的，你天天练俯卧撑，自会臂力惊人；你天天练仰卧起坐，自会腹肌凸起；你天天练波比跳，全身的体能都会增强。练吧，现在就开始。我陪你！"

"这就练？立即，马上……"乔治嗫嚅着。

申亮亮立即趴下示范做俯卧撑："我陪你！军人就要雷厉风行，绝不拖泥带水。如果你练不好，岂不拖了连队的后腿！"

乔治体能确实有些差，俯卧撑、仰卧起坐、波比跳做几十个，就已经大汗淋淋、气喘吁吁。很快就懊悔丧气地趴在操练场上，摇摇头说："我无能啊，我怕真的当不了一个好兵了！"

亮亮却鼓励说："只要坚持，练成肌肉男不难。所有的强壮都是练来的！这体能就是一座山头，只要你瞄准了冲锋，就能把它拿下！"

一个月，两个月，三个月……乔治的肌肉慢慢变得强壮，体能慢慢地增强，自信的笑容重新回到他的脸上。整天有说有笑的，性格也变得开朗起来，仿佛换了一个人。

亮亮发现乔治普通话很标准，文字水平也有基础，应该在连队宣传上有所建树。他主动找到连指导员陈情举荐。

乔治的播音磁性厚重，中气十足，在战友耳边亲切地响起，如雨打芭蕉，直叩心扉，听起来感染力强，很受战友们喜欢，被评为"一号广播员"。乔治的文笔流畅，反映连队建设的文章很快登上政工网，语言洗练，故事生动，读起来栩栩如生，也成为战友眼中的"笔杆子""土秀才"。他如鱼得水，横溢的才华有了用武之地，更加自信满满。

乔治对战友们说过："要不是幸运地遇到了亮亮班长，也许我一辈子躲在自卑里出不来了！"

后来，已经转业的乔治听到申亮亮牺牲的消息，含泪一气写了29篇发自肺腑的悼念文章怀念自己人生路上的引领人，纪念亮亮29岁的壮丽华年。这些用泪水浸透的文字，播撒在一个曾经无助战友的心底里，永远散发着温暖情意。

4

2012年夏，因腰椎间盘突出症加剧，经过战友三番五次劝解，申亮亮被送进了部队医院诊疗。"这次，治疗得像钻天鹞子一样再给我回来！"连长笑眯眯地说。

一向喜欢紧张忙碌的他，如今突然清闲下来，看着病房里洁白的四周，想的是绿色军营里的热闹事儿。时间不能放过，他带了几本厚厚的装备书籍，他要利用空闲时间"啃一啃"。

战友们本来想轮流陪护，申亮亮大气地一摆手说："我算哪号病人？岂能连累大伙儿？要不了几天工夫，我就会凯旋。轻伤下了火线，就有当逃兵的感觉，浑身都生痒痒虫。"

"身体是革命的本钱，养好身体，才是最大的战斗力啊！"战友们纷纷劝他，"一切还得听医生的嘱咐，病除根了，再出院不迟！"

说是这样说，可忙碌惯的亮亮，一躺下来，还真的浑身不自在。这时候，申亮亮听说战友周厚村因痔疮发作，需要住院手术，就抱着病痛风风火火地来看他。

当他看到周厚村痛苦郁闷的样子，笑着打趣他："我说老周，这'十人九痔'，小毛病，药到病除。伤不了筋也动不了骨。手术也跟蚂蚁咬一般，一眨眼就过去了！"

周厚村叹口气说："你说，得了个这病，出了好多血。有些恐怖！亮亮班长，你也要好好休息，别再硬拼了！"

申亮亮笑道："这病就像弹簧，你强它就弱，你弱它就强。别看这小病，命令来了，上了战场咱照样冲锋！还是打头阵！"

周厚村苦笑："枪炮咱都玩过，就是没动过刀子，做了省心！"

申亮亮点点头说："你安心养病，我只能算半个病人。你这病，最怕护理不好再复发，照顾的事，我来吧！"

周厚村连忙摆手说："连里派了战友来。你自己不让照顾就罢啦，咋能再照顾我呢？太不合适！"

申亮亮可不仅仅是说说，理疗之余，他轻车熟路摸到周厚村的病房里，恰巧碰到战士正在给他做护理，不够细致又似乎有些难为情。申亮亮对战士点点头说："交给我吧。护理好了，厚村的病才能除根！"

周厚村急忙忍痛喊："亮亮班长，求求你了，照顾好自己要紧啊……"

申亮亮细致地用温水给他擦拭身体，温热的毛巾轻轻擦去表面悄悄积累的污垢，被包裹的舒适也精神抖擞地散发出来，全身的毛孔都畅快淋漓地呼吸，浑身的穴位也都跟着畅快欢呼。

手术带来的疼痛顿时减轻了许多。周厚村此时长舒一口气，叹道："亮亮班长，看你平时大大咧咧、风风火火得像个粗人，可粗中有细啊！这一擦洗，搓成大师范儿！浑身那叫一个舒坦！"

亮亮笑道："可别说，我是久病成医，真的跟按摩师傅讨教过穴位，保准赶跑你的小恙！"

周厚村坚决地说："这次相助，感激涕零，下不为例。我欠你个大人情。"

申亮亮笑道："你不想让我活动筋骨，我还不乐意咧。我看似给你擦身，实则我也活动活动，两全其美的事儿，你就别打岔了！"

亮亮又将便盆端出去洗刷干净。周厚村喉头哽咽："亮亮，亮亮啊……"

一直到周厚村出院，亮亮来了个全程护理，住院也主动站到了帮助战友的"战位"上。看着周厚村的病一天天好转，亮亮的病也有了很大改善。

等到周厚村能下地慢慢走动的时候，也来到亮亮的理疗间，看到医生正在他的腰突处按摩。亮亮趴在那里忍不住地哼几声，那彻骨的疼痛暗暗袭来。他真的想去帮亮亮，可又不知道从哪里下手。

等到周厚村完全康复出院的时候，他紧紧地抱住申亮亮，万千感谢都化成心头的暖意和滚烫的热泪。而申亮亮却高兴地拍着他的肩头，真诚地为他祝福！没过几天，他自己也缠着医生出院。离开医院他便迫不及待地一头扎进连队去了。

第八章　亮是一道光

1

……咱当兵的人，就是不一样，

头枕着边关的明月，身披着雨雪风霜。

咱当兵的人，就是不一样，

为了国家安宁，我们紧握手中枪！

说不一样，其实也一样，

都在渴望辉煌，都在赢得荣光，

说不一样，其实也一样，

一样的风采在共和国的旗帜上飞扬……

战友们兴致高昂，国防绿的队伍宛如滚滚洪流，嘹亮的歌声迎着刺骨的严寒，在空旷的冰原上震荡。

申亮亮随部队全副武装地冲进严寒，呼出的哈气迅速凝结出层层冰凌。北风肆无忌惮地猛扑过来，卷起一阵疯狂的雪尘暴！

部队每年都要例行冬训。

这是 2011 年冬训徒步拉练的精彩画面，如今依然帧帧鲜活地留存在营教导员尹航的脑海里，采访中他神采飞扬地说："冬训是锤炼部队在寒冷条件下的体能适应训练，亮亮每次都如翔龙卧虎，随战友冲进冰天雪地里，那真是穿插神速、步履如飞啊……"

天晚部队停驻金珠镇，战士分散在群众家。申亮亮来到一座简陋却还算干净的小院里，两位步履蹒跚的花甲老人刘老伯夫妇，欣喜地抓住申亮亮的手说："没想到啊，解放军同志能看得起咱这老农民，这心里真暖和。快，进屋，上炕！"

申亮亮拍拍身上的泥土，进屋将沉重装备卸下，瞬间便被暖意融化，闻到浓郁香味阵阵扑鼻，红红的火苗调皮地舔着咕嘟嘟的铁锅。

刘老伯笑道："小申同志，来到我这穷家破院，你大娘做的猪肉炖粉条，凑合凑合吧。"

申亮亮推辞道："大伯，不用，咱部队有纪律，真的不用。"

香气扑鼻的猪肉炖粉条，强烈地勾动着亮亮的食欲，可部队不扰民的纪律又坚硬如铁。奈何老人家的热情，执着地阻止了亮亮的反复推辞。从炊事班打来的饭菜跟农家饭菜同时上桌，你中有我，我中有你，其乐融融间欢声笑语迸溅开来，氤氲在寂静的冬夜里。

"不用了，小申。好孩子，你行军一天够累了，咋能让你扫床铺被呢？"刘婆婆诚惶诚恐地说着。

申亮亮麻利地将床铺掸净，将老人家的被子铺好，边忙活边说："军民鱼水一家亲。我身强力壮的，给老人家做点小事，心里可得劲。"

两盆热乎乎的洗脚水送到老人家面前，蒸气缭绕里是申亮亮憨厚纯朴的笑脸。"睡前一盆汤，胜过开药方！"

看着小申战士给自己洗脚，热水冲走冰冷里的疲劳，暖流驱走了集聚的寒意。刘老伯老两口眼角滚满了热泪。他摸着申亮亮沁着密集汗珠的额头："真是好孩子！俺这辈子，从来没有今儿个这么享福过……"

申亮亮笑道："大伯啊，在这里，感觉就像回到家一样！"

刘婆婆点点头说："我只要一见咱部队，这心里总是热乎乎的！这俩儿也没给洗过脚，人民子弟兵就是咱老百姓贴心人……"

翌日，申亮亮早早蹑手蹑脚地将院落打扫了一遍，水缸挑满水，把垃圾收齐带走，然后悄悄地背好行囊，轻轻地走出了刘老伯的家门，迎着凛冽的寒风和雾岚，踏上了新的拉练征程。

等刘老伯夫妇醒来时，一摸枕头边有一张温馨的纸条："大爷大娘，添麻烦了，炕头压点钱。"两张红色的百元钞票，关心慈爱地在向他们微笑。老两口感慨激动地又唏嘘落泪了。

2

疾驰的火车载着申亮亮，飞奔在探亲回家的期盼里，刚放下父亲急切渴盼的电话，他欣慰地摸摸口袋里积攒的工资，硬撑到2009年底，父亲的老屋总算可顺利翻新了。突然电话急促地响起来，是战友申雪峰。

"亮亮！我家里出事了！我父亲干泥水活砸伤了脚，你能不能抽空去看看？家里电话催得急，我又走不开，这可咋整啊……"

申亮亮干脆果断地说："你放心吧，咱爸的事儿，包在我身上！"

第八章 亮是一道光

看看天抹黑了，雪峰爸爸正痛苦地躺在炕上，端来的热饭渐渐地凉透，可胃口却被右脚的疼痛塞得结实。雪峰妈妈在一边抽泣埋怨："别硬撑了……去大医院吧！就知道心疼钱。看着脚红肿得黑紫黑紫的，就不是贴膏药的事儿！"

疼痛蔓延在雪峰爸爸的脸上，他龇牙咧嘴地摇头："哎哟，咋越来越疼呢？这膏药神贴也失灵了。应该没大事！去大医院……去一趟我今年就白干了！我这不争气的脚……"

雪峰妈妈："终归看病要紧！总得到大医院，请医生看一看才放心……"

雪峰爸爸也恼了："有点儿红肿怕啥？离肠子肚子远着咧。再说雪峰不在家，家里一群牛羊哞哞乱叫，咋去？"

这时半闭的门被申亮亮风风火火地撞开，老两口此时都惊喜万分，一把拽住亮亮："乖孩儿，这冷天冻地、黑咕隆咚的，你咋摸来的！快快快，进屋烤烤火！"

亮亮麻利地下蹲凝视，在手机的灯柱里，趴在雪峰爸爸脚面上细察伤情，严肃地说："立马走，我带你去县医院！"

乡间的黑夜偏偏没有了月亮，无边的漆黑，呼啸的冬夜的冷风，宝蓝色天幕上星斗冷得瑟瑟发抖，坑坑洼洼的土路留下申亮亮歪歪斜斜的脚印，不远处的村舍响起几声杂乱的狗咬声。

雪峰爸爸趴在申亮亮的脊背上："亮亮，放下我，我能走！"

申亮亮气喘吁吁又故作轻松地说："看病要紧！我背着你跑到县城也没事！这冷天里一会儿就跑热乎了。我在部队一口气武装五公里，那真跟草上飞一般。"

感动落泪的病号被亮亮背着急赶了长长的一截乡间土路，到了公路的边上。申亮亮早已大汗淋漓，浑身的黏汗贴紧了内衣，额头上沁出密集的汗珠。还好，两盏明亮的光柱飞来，送来了呼啸而至的通往县城的顺风车。父亲的电话再次急促地响起来，催问他何时能赶到家里，早已留好的"接风宴"在热锅蒸屉里跃跃欲出，心急火燎地等待着远归的赤子。

排队、挂号、拍片，县人民医院里，一个军人楼上楼下大步流星地奔忙穿梭。等诊断结果时，亮亮又买来热腾腾的熟牛肉、鲜嫩嫩的蒜蓉茼蒿、脆酥酥的葱花饼、软糯糯的八宝粥。雪峰爸爸津津有味地吃上了多天来最酣畅淋漓的一顿饭菜。"这家烧牛肉老有名了。肉真劲道，味道拿得正，不错不错！"

主治医生却拿着CT片蛮不高兴地过来："外伤性骨折。立即住院手术。再晚两天，麻烦大了！"

雪峰爸爸吞吞吐吐地探询："大夫，这一动刀，得花多少钱？"

医生认真地说："先预交2万吧。"

雪峰爸爸摇头叹息，痛悔落泪说："要命啊！俺一年泥水活白干也顶不上。我真是作孽啊，作孽！亮亮，送我回家！回家！慢慢养，不做手术，骨头照样能长好！"

亮亮微笑着从兜里掏出押金条晃晃说："老爷子，钱不用你操心，我已经交过了！安心接受治疗吧，我要一步不落地监督你，不好得利利索索的，不准出院！"

雪峰爸爸抱住亮亮老泪纵横："亮亮……亮亮……"

3

在申亮亮纪念厅里,我看到一个孩子稚嫩清秀的笔迹,一封写给亮亮叔叔的信瞬间将我深深打动:

尊敬的亮亮叔叔:

你好!我是丰满第二小学三年级一班的学生吴冬坤,前几天,我们刚刚期末考试,我又考了一百分,亮亮叔叔,我是第一时间写信告诉您这个好消息的,您高兴吗?

亮亮叔叔,感谢您一直以来对我的关心和帮助,是您让我知道贫穷的困难并不可怕,都可以战胜。是您让我从一个忧郁自卑的丑小鸭变得又爱说爱笑了,没有您我可能就要再次失学;是您教会我生活的勇气和希望,您就是我的恩人和榜样,我以后也要当一名像您一样坚强勇敢的解放军战士……

清风徐徐,花草摇曳,热情迎接我这位到吉林市山河社区的探访客,踏着水泥台阶来到三楼,我见到开朗自信、笑容洋溢的吴冬坤。他左手拿着一本厚厚的高二英语辅导书籍,右手握着一支褐色的水笔,一副还没有从学习里回神的样子。

"自从亮亮叔叔走后,我一直在想他。亮亮叔叔是我的榜样,我无以报答,能做的就是用一颗积极善良的心回报他的爱,回报社会,做一个对社会有用的人,永远不会自暴自弃。"在他款款深情的讲述中,神采奕奕的申亮亮仿佛微笑着正步走来。

吴冬坤患有侏儒症，本该五彩缤纷的童年时光，在小伙伴们嫌弃的目光里变得晦暗，快乐犹如肥皂泡在他眼前飞舞，却又瞬间轻而易举地破灭。一个人从低矮的窗户里呆望着栅栏外的精彩世界，苦涩无情地赶走了幸福快乐。

他蹒跚迟疑地走进丰满二小的教室里，世界似乎在他眼前开创了美丽新天地。但他总是在狐疑自卑里小心翼翼地生活，任凭欢声笑语在耳边一浪浪滚过，他连舒心的笑容都难以舒展——直到遇到亮亮叔叔。

一片国防绿在"六一"儿童节之际飘荡在校园里，飘到了吴冬坤的面前。一双苍劲有力的大手温暖地握住他黑瘦的小手，一张温情荡漾的笑脸真诚鼓励地看着他，宛如一束最明丽的阳光，驱散着他心头沉沉的阴霾。"小朋友，为何一个人独自坐在这里呢？来，来，叔叔送你个新书包，还有一身新衣服，看看，你喜欢吗？"

"真的是送给我的吗？""是啊，叔叔已经递到你的手里了呀？""为什么要送给我呢？""嗨嗨，你怎么还不笑一个呢？叔叔还和冬坤有个约定，放心吧，孩子，叔叔会做你最好的知心朋友。"

暖心的话语宛如明媚的阳光融化着吴冬坤心底的冰原，他还清楚地记得："当时，我的心里喜悦的泪水哗啦啦流，却在亮亮叔叔面前手足无措。"

儿童节的快乐随着新书包、新衣服摆放在吴冬坤的床头，解放军叔叔送来如此漂亮的礼物。他舍不得用，回到家就翻来覆去地看，心里如灌了蜜一般。期盼犹如幼芽在心底里潜滋暗长着，亮亮叔叔，何时会再来呢？

亮亮叔叔来了！他大步流星的步伐敲打着寂静的校园，神气的帽徽熠熠闪烁。他亲切地拉住自己的小手，贴心贴意地说了很多暖心鼓励的话，临走，留下了1000元钱。"努力为中华之崛起而读书，现在是多么幸福美好的时光。只要学到了知识，就会有用武之地。"

吴冬坤悄悄地拿出了刚刚考试的卷子给亮亮叔叔看。让人意外的分数映入眼帘，语文、数学都是60多分，刚及格的分数啊！"你不是答应叔叔要做品学兼优的孩子吗？"

班主任笑盈盈地告诉亮亮："冬坤是我们班里进步最大的孩子，不但成绩节节攀升，性格也活泼开朗了，长大后，还要向解放军叔叔一样，保家卫国呢！"

亮亮叔叔就给他竖起了大拇指："好孩子，我看好你！努力的前方，理想的大学等着你！"

此后亮亮每年都会来看冬坤，送给他无微不至的关怀。爱心铺就一个残疾孩子感恩奋进的求学路，孤独无助的时刻，挫折苦难的关头，亮亮叔叔就会立即浮现在眼前，他立即升起希望自信的风帆，信心百倍地翱翔在学海里。

美好时光在2016年的"六一"儿童节突然凝固了，已经是翩翩少年的中学生，在繁忙紧张的学业里，突然听到了让他泪泉翻滚的噩耗：亮亮叔叔在维和前线，为掩护战友壮烈殉国！啊，亮亮叔叔，您挤出7000多元工资，铺成我希望满满的求学路，多么期待您看看我的高中录取通知书！多么期待您看着我意气风发地走进大学校门。等我军训的时候，我一定要穿一身让我向往已久的国防绿！亮亮叔叔啊！您不能走！

您永远不会走。您是北山上那株傲雪的青松，您是松花江里那朵洁白的浪花，您是蓝天里那只翻飞翱翔的白鸽，您是我梦里最瑰丽的风景！

4

嘟嘟嘟，解放牌卡车神气地驶进村里，卷起一阵飞扬的尘土。村里人欢天喜地围拢过来，亮亮父亲和大伯申思成笑容可掬地从驾驶室里蹦下来。

灰头土脸的申亮亮早翻进车厢里，骄傲地腾挪跳跃。好个天然的"移动游乐场"。大点的孩子憋足了劲儿攀上去，年幼的孩子只有哭鼻子乞求的份儿了。车厢里玩够了，亮亮与哥哥开始从家里抬水出来，规规矩矩地跟着大人洗车、擦车。

检修车辆是出车前必备事项。父亲和大伯打开引擎盖，正在攀上俯下地查看，他们不约而同盯住了一个晃动的小脑袋，"这孩儿，油味刺鼻子，趴这干啥？"

亮亮笑盈盈地说："这汽车的'超级大脑'是厉害！早让我琢磨透了。我也想开车，一踩油门，呜呜叫，多威风！"

大伯惊奇地说："后继有人啊，瞧好吧，长大有你的车开。"

可亮亮似乎等不及长大，十五六岁的半大孩子，就突突突地开着李国家的小四轮，冒着黑烟，在乡野打麦场里煞有介事地转圈。闻声赶过去的李国且惊且喜："四轮车一响，我以为让谁偷走了！是你小子！"

旁边的哥哥申明明却脸色惊慌地呼喊："下来！下来！小毛孩子，

能得不轻！"

李国却不紧不慢地说："这家伙，车开得不慌不忙，还真像回事！"

李国是西南王村承包大户，院里停满了农业机械，等到农忙季节，院子里此起彼伏的轰隆声，吸引来欢快如飞的亮亮，一会儿摸摸这个，一会儿瞅瞅那个，犹如蜜蜂采撷百花一般沉浸其中。

亮亮悄悄地成为李国的"影子"。李国开车，亮亮就猫在驾驶室里；李国耕地，亮亮就坐在车帮上。李国修车，亮亮就递过去扳钳把手。一来二去，相差数十岁的俩人熟络起来，成为肝胆相照的忘年交。

申亮亮摸熟了小四轮，遇到有邻居田里有活儿，李国雇的司机也偏偏有事，这时候亮亮就偷偷地扮演起"客串司机"的角色。亮亮和小四轮在黄色阡陌里晃晃悠悠，大地上犁开一道道舒展的金色诗行，黄河湿润的微风吹皱了太行山，又调皮地抚摸着这片肥沃的田野，吹开了人们希冀的笑脸。

李国自家的地耕完了，乡亲们的农田都期待着这喝油的"铁牛"哩！小四轮喝了油，乡邻总得拿点友情的油钱，外边雇车一亩四十，咱收三十够可以了吧。

可亮亮还是找到李国，单刀直入说："这油钱大家应该拿，包括我家也不免。但是五保户申振东家，残疾人张根生家，还有几家咱都知道的困难户，我觉得咱就不收了吧！"

正忙着收拾农具的李国头也不抬地说："你看着办吧。你要连油钱也收不上来，油也算我的。都是乡里乡亲的，这人情比钱重要。"

亮亮摇摇头说："油钱我出！白用你的小四轮，再喝你的油，剥削太重啊。"

李国一口回绝说："亮亮啊，看你个子不低，还是未成年人，哪里就有闲钱？你免费给我当司机，算我给你的工钱吧！小小的孩儿，有这片心肠就好。我还不差这俩油钱！"

小四轮突突地震响在黄河滩里，乡亲们都提着热茶、堆着笑容看着翻开的新土，一年的收成也绘出了底色。他们对亮亮的称颂那是发自肺腑的。特别是几家困难户，都拉住亮亮热泪滚落。哭得最痛的，是白发苍苍的孤寡老人申振东。

旁边的父亲申天国心里真是五味杂陈，惊的是这么半大的孩子，稳稳当当地开着车，咋看着像个老师傅呢？喜的是，这孩子是块摸机械的料，说不定将来是个吃饭的门路咧！

第九章　踏着病魔冲锋

1

面对凶险，别人都在问："为什么是我？"而铁血军人却在问："为什么不是我？"

组建第一批赴马里维和工兵分队的消息，如同一缕春风，在2013年仲春时节，申亮亮所在的绿色军营沸腾了。能去西非马里共和国参加国际维和，在战乱地域竖起一道和平的长城，向他们传递东方巨龙的深情厚谊，这是多么大的荣耀啊！

申亮亮怀着激动的心情，迫不及待地铺开洁白的信笺，将自己一颗赤诚报国的红心，郑重地放到了誓言滚烫的请战书上，捧到了组织面前。可隐隐的腰突疼痛又暗暗袭来，又被他轻蔑地斩钉截铁地怼回去。"关键时候，你别来捣乱，也算助我一臂之力了！"

在"谈心交心"会上，连指导员发自肺腑的一席话，擂动在战士们的耳鼓上，再次让申亮亮慷慨悲壮：

"自鸦片战争以来，积贫积弱的旧中国，屡次被虎视眈眈的外国列强恫吓，帝国主义的铁蹄肆意践踏，日本鬼子将战火烧遍大半个中国。'烧光、杀光、抢光'，让锦绣中华一片生灵涂炭，饿殍遍野，中国到了危急关头……

"中国共产党，领导人民和人民军队浴血奋战，赶跑了帝国主义，开天辟地，建立了新中国，我们才走上了文明富强的道路。人民领袖习近平构建了'人类命运共同体'，人民军队成为维护世界和平的'钢铁长城'，哪里有战乱，哪里就有飘扬着五星红旗和联合国旗的中国军人，也把中国军队威武之师、和平之师、文明之师的盛名，带到了世界各地！这是一项多么光荣的神圣使命啊！

"为什么派去的维和部队中我们工兵是中坚力量呢？那些被战火毁坏的基础设施，那些被恐怖分子破坏的民生工程，就是我们工兵的用武之地。我们要把友谊的种子播撒在大地上，让它花开芬芳。"

指导员的殷切话语，搅动了一池春水，也让热血沸腾的战士们都铆足了劲儿，是骡子是马，比赛场上见英雄！拿出最好的状态，等待组织的挑选，满怀期待着去缔结跨越大洋的友谊。

"我去！""我去！""非我莫属！""报国有我！"

维和选拔让申亮亮和战友们都群情振奋，砥砺奋进想要踏上维和战场。"养兵千日，用兵一时！"平时在训练场上摸爬滚打的战士们，早就练就了钢筋铁骨，都想此刻到真实的战场上大显身手。

维和申请书如雪片般纷至沓来，一颗颗红心和忠诚在洁白的纸张上跳跃。首长们此刻最难以抉择，请战的太多，维和人员定额，只有优中选优，赛场选"将"，将最强的工兵分队迅速组建起来。

申亮亮平时都是当"尖刀",最喜欢打"头阵"的。对那万里之遥的西非,是如此向往!维和,可是和平时期最惊心动魄的战场,从军多年,不到战火纷飞的枪林弹雨里纵横一把,多年的军旅生涯会是多大的遗憾呢?!

请战书交上去了,政审也顺利通过了,接下来就体检、体能素质大比武了。比武申亮亮志在必得,可是这体检嘛,可真的点着申亮亮的软肋了。

看着军医查看自己的腰突,并用手仔细地推捏着,似乎查看恢复的情况。申亮亮轻描淡写地说:"嘿,这点鸡毛蒜皮的小伤,早好利索了!"

军医严肃地说:"申班长,你这腰突没有完全康复,回去好好吃药理疗!"

申亮亮不觉间冒出一身冷汗:"没事!我真感觉没事!半点也不疼,跑五公里越野跟玩一样!你就高抬贵手,放我一马吧!我保证能撑住!"

军医却更严肃地说:"这是一项残酷而艰巨的任务,远在万里之遥的西非,万一你的腰突复发,那里可没有我们国内这么好的医疗条件,耽误工作不说,也是对任务的严重不负责!一切都要实事求是、尊重科学,决不能只凭一腔热血。"

一腔热情被一个体检浇灭,申亮亮彻底傻眼了。

2

一心参加维和痴心不改的申亮亮，冷不丁被这缠人的腰突将梦想打碎：腰突啊，腰突，你何时狡猾地潜入我强壮的身体，悄无声息地击碎我的维和梦，而后又隐藏得无影无踪。就算你是再凶恶的敌人，我照样将你打趴在地！

这病到底是从何而来呢？一个个画面从眼前划过：热腾腾的训练场上，他如同飞人一般冲在前头，战斗就要当"尖刀"，武装五公里越野他总是奔着冠军去的！战友们流行一句话：都是两个肩膀扛一个脑袋，谁怕谁！跑到终点，早就大汗淋漓、筋疲力尽，可为何心底里依然豪情冲云天呢？！

上装备就要做"专家"，操作从陌生到熟练，需要长期磨炼出悟性。有时候一开就是一整天，累是什么呢？不知道。浑身永远有使不完的劲儿。有时装备需要修理，他跟随修理连的战友钻到车底下，一钻就是大半天，直到他从车底下钻出来，一头灰一脸黑，而腰早就僵硬得直不起来了。

可腰突是什么时候不知不觉溜来的呢？

他悻悻地穿越比武场，看着战友们生龙活虎地奔腾，呐喊声阵阵席卷过来，硝烟滚滚扑面而来，金戈铁马的战斗在即，他却被拒之门外，真有种战场当逃兵的心酸愤懑呀！

比武间隙，战友们都纷纷拥抱他，热情的鼓励、欢快的笑语扫除着他的遗憾失落，引燃他爆棚的自信。他委屈的泪水悄然滑落，心里犹如打翻了五味瓶。这口气憋在心里，让他更加心硬如铁。

来年，他决心打个翻身仗，来个鹞子冲天！

腰突，成为他最缠手的敌人。这顽敌从何而来呢？经验丰富的军医给出了专业答案：以往训练的强度太大，身体再强壮，也有承受的极限，极限破溃后的腰椎也就畸变了。慢慢理疗吧，既然病是积劳成疾，治病也需要剥茧抽丝的文火慢炖，心急吃不了热豆腐！

中医按摩是最佳的辅疗方法。医生的按摩自然是手法精到，轻敲细拍，揉搓慢捻，娴熟高超。只用三五回，申亮亮自己也将手法熟烂在胸、娴熟在手。这种治疗，成了申亮亮祛除腰突的常态。

时光转眼穿秋越冬，期盼良久的2014年初春姗姗来迟，第二批维和任务命令下达。申亮亮欣喜等来了雄鹰翱翔的机会。动员会刚散，申亮亮就将请战书递交上去！他在连长、指导员好奇的眼光里，轻松地原地跳起说："蛰伏一年，体壮如牛，正待效命疆场，维和西非！"

连长赞叹说："这家伙，看样子这次是志在必得！"

一切似乎都朝申亮亮利好的方向发展，他积蓄了一年，就要在这新的机遇面前崭露头角。他的技战术训练常常拔得头筹，是集团军"一专多能"人才，推、挖、装样样拿得起、放得下，军政素质、专业素质样样过硬。

腰突似乎非要跟申亮亮过不去，军医过筛子一样检查后，在申亮亮的腰突后，打了个大大的问号。"我的腰突好利索了，真的，非但一点不疼了，也绝对不会影响在任何情况下执行任务！"

"目前看来是恢复如初，可是执行维和任务环境恶劣，战场瞬息万变，它万一复发了，影响了维和任务，如何是好？"

申亮亮真的急眼了："万一？我敢保证，百分之一万不会出任何问题。我的身体棒棒的，绝对不会出任何问题。"

军医说："好的，申亮亮，我理解你请战的决心和热情，这值得鼓励。我们体检组慎重研究一下。马里可是联合国公认的最危险的任务区，面对维和纷繁复杂的环境，这是一场真刀真枪的残酷战斗。我们得确保完成祖国和人民交给我们部队的任务。记着，个人还得尊重组织的决定！"

体检总算没有被立即淘汰，可军医的一番话，让申亮亮心里总隔个含糊，有些忐忑，又有些担忧。

3

接下来比武考核，激烈又严苛，活泼又紧张，所有人都跃跃欲试。战场的硝烟把申亮亮和战友们"刺刀见红"的血性给激发出来。淘汰率将超过十比一，想要顺利胜出，那就得优中更优，真的有两把刷子！

大家这时惊奇地看到，老兵申亮亮矫健冲锋的身影，飞奔成比赛场上的"一道闪电"。

拆装枪械时枪支零件在他手里飞舞，从平地上拿起快速在双手中翻转归位，威武地被抱紧在申亮亮的双手中，嗒嗒嗒，枪口喷出火舌并扬起缕缕青烟。卧姿、跪姿、站姿射击，沉稳冷静，枪枪不出八环！也打出了战友们的一片喝彩！

"这家伙不光是装备'活字典'，还是名副其实的'神枪手'，厉害啊！"

"没看出来，申亮亮真是个'多面手'，上装备更是'资深行家'呢！"

第九章 踏着病魔冲锋

高低杠上显雄姿，驰骋生风；攀高墙前用巧劲，一个冲刺摸顶，再一腾身升空，再看时已经跳地滚落；铁丝网里卧姿匍匐，申亮亮双腿与胳膊"四轮驱动"，而身体犹如"贴地飞行"，申亮亮犹如出水蛟龙，从铁丝网下"一跃而出"，一看就是个练家子！

"哦哦哦，看这一身泥、一身水的，有亮亮撑着，个个是越战越勇。"战友们相互揶揄着。

申亮亮笑道："冲上了战场，我的眼里只有摧毁一切敌人。那就叫'招之即来，来之能战，战则必胜！'绝不含糊！"

战友们也被鼓舞："咱政委常说'四铁'，'铁一般信仰，铁一般信念，铁一般纪律，铁一般担当'，真不是挂在嘴上，而是落实在脚下。"

投掷手榴弹，这是个保留项目。看申亮亮气贯长虹的样子，那是压倒一切对手的勇气，又有团结奋进的豪情。他拿起手榴弹，蹲起，甩臂，那胳膊压着全身的力量于一颗手榴弹，划着抛物线飞出，落在了远处的圆圈里。

"这家伙，眼力咋就这么准！"战友们纷纷赞叹。

申亮亮搓搓手说："我小时候搂草打兔子，一打一个准，何况手榴弹是炸在敌人脑袋上！"

体能考核申亮亮也照样不含糊。看十米折返跑，10个来回也不过20多秒，仰卧起坐、俯卧撑、单双杠等力量项目更是运用自如。

三公里轻装跑步，战友们士气高昂，这似乎是申亮亮有些怵的项目，毕竟一劳累就会有腰突跳出来提醒，可是申亮亮岂能被一个腰突阻碍，他飞奔的匀速度，真的是双腿生风，始终在比赛队伍第一方阵。似乎腰突真的被彻底赶跑了。这一阵猛烈冲锋，腰突又气势汹汹地找碴儿挑事了。

不过，病魔一瞬间就被申亮亮顽强地踩在了脚下，钢铁的战斗意志让疼痛遁形，有力扭动的腰肢带动健硕的双腿，照样发挥出了冲刺加速度！如一颗呼啸的子弹，风驰电掣地飞过了终点！

藏在身体里的"敌人"总是如影随形，可被"一不怕苦，二不怕死"的革命精神冲击得支离破碎。果断冲锋中的申亮亮，一种升腾而起的英勇顽强的气概、视死如归的决心、血战到底的勇气，让战友们深为敬服。

选拔结果公布，申亮亮被纳入维和队员的名单，不过，惊喜却卡在了他的喉咙里，如鲠在喉。括号里备注着后备两个字，深深刺痛着他的双眼。怎么，努力了一年，怎么战场还是离自己半步之遥呢？让他两眼冒火、心急如焚。

备胎，就算只是备胎，总算站上了半个台阶，说不定还有转正机会呢？申亮亮更加坚毅执着、信心满满了。

4

维和部队组建当天，雄赳赳、气昂昂地开赴星夜搭建的全封闭模拟营区，一场场模拟真实战场的针对性演练紧锣密鼓地开启。申亮亮知道，从这一刻起，自己已经踏入战场了。

"听党指挥、能打胜仗、作风优良"，营区的大幅标语，如鲜红的旗帜在心头飘扬，激发起申亮亮和战友们的血性胆魄。

荷枪实弹，铁甲出动。每个战友都面色凝重，精神高昂。突然，"嘭嘭嘭"爆炸声炸响，车队突然遇到炸弹袭击。指挥员一声令下，全员进入警戒状态，迅速侦察判断敌情。救护组出动，将伤员救走。检查车辆受损情况。没有损毁的车辆，前车变后车立即折返。

"为什么我们不开火，雷霆出击消灭袭扰敌人，而要选择主动撤退？！"申亮亮在研讨预案时，提出自己的疑惑。

中队长笑道："啥叫维和？我们的主要任务，就是维护交战地区的和平，我们组成一道长城，为的是隔离战争、化解仇恨，除非对方主动袭击，我们绝不会主动开火。"

"不打无准备之仗！"模拟演练就是预设任务区可能出现的危险情景，通过实际战场演练，迅速化解处置，制订出有针对性的处置预案。

车队出任务时，突然遭遇小股敌人袭击，顿时枪声大作。指挥员立即命令全员下车，散开呈战斗队形，进入一级战斗状态。按照既定预案布防，准备战斗，向敌人发射威力超猛的空爆弹，掀起的强大气浪，虽不致人命，却足以让敌人胆战心惊、狼狈逃窜。

"不打无把握之仗！"组训部队开展全方位集训，坚持达到战斗力标准，向能打仗、打胜仗聚焦。苦练精兵，做到头脑特别清醒，态度特别鲜明，行动特别坚决。

施工过程中突遇火箭弹袭击，气氛变得万分紧张。施工队员立即进入步战车内，观察敌情，解除警报后，再行施工。

车队出动中突然遇到地雷。爆炸声弥漫在硝烟里，队员们沉着冷静，立即查看人员伤亡、车辆受损情况。查看地雷爆炸情况，发出战斗指令，全体人员警戒。险情排除后，交替掩护撤退。

入夜，申亮亮抱着九五自动步枪站岗，站在沙箱搭建的岗哨室里，他目光坚毅地注视前方。远方的松花江静悄悄地流淌，眼前的夜幕璀璨艳丽，一片金碧辉煌，串串人间灯火与天上的银河连接在一起。点点拥挤的灯柱流淌在天上的街市，成为一个温馨和谐的世界。

盛赞祖国的音乐声阵阵飘来，陶醉着他的耳鼓，他也在心底里吟唱起来："五星红旗迎风飘扬，胜利歌声多么嘹亮，歌唱我们亲爱的祖国，从今走向繁荣富强。越过高山，越过平原，跨过奔腾的黄河长江，宽广美丽的土地，是我们亲爱的家乡……"

亮亮心中感慨：多么安静祥和的画面，这都归功于像我一样的无数军人的默默付出，我在为祖国母亲站岗！我一个农家孩子，能成为一名革命军人，在绿色军营里燃烧青春，收获了丰硕成绩，我是多么感恩祖国和人民！

西非马里，又会是一番怎样的情景呢？战乱频发的国家，硝烟滚滚的世界，那里的人民也能安居乐业吗？那里的孩子也能坐在宁静的教室里安心读书吗？那里能找到一块被战争遗落的祥和净土吗？和平鸽衔着橄榄枝飞翔过去，播撒爱与和平的种子，它能够生根发芽、绿荫停驻吗？

一个多月紧张忙碌的集训结束了，摆在申亮亮面前一个残酷的结果是，作为后备的他，并没有随维和部队出征，只是作为一个备胎而已。毋庸置疑，还不是因为腰突吗？

连长拍拍亮亮肩头说："说实话，你是最优秀的那一个，可腰突随时有复发的可能，服从命令吧！好好养身体，来年还有机会！"

既然是组织的决定，申亮亮满怀惆怅地挥挥手，以祝福的笑容、羡慕的眼神，送意气风发的战友们踏上征程，祝福他们凯旋。

他骨子里就藏着永不服输、战之必胜的决心："早晚有一天，我会成为你们中合格的一员！"

第十章　兵者荣耀

1

当李国正苦口婆心地劝申亮亮跟自己种植山药发家致富的时候，2005年底，申亮亮已经拿到了梦寐以求的入伍通知书，咚咚咚飞快地跑到李国家，兴奋骄傲地扬扬头说："穿上绿军装，跨过松花江！快炖羊肉，喝杯庆功酒！"

李国揶揄道："好啊，亮亮，这偌大的黄河，盛不下你了。我发财的独木桥再好，你就非得走你的阳关道！"

申亮亮动情地搂住他，哈哈地爽朗大笑，树丛中一群花喜鹊扑棱棱钻进天空。

当申亮亮将想去当兵的消息悄悄告诉知己李国时，李国愣怔怔地盯着他的眼睛看了好大一会儿，才叹息说："亮啊亮，我这山药种植形势一片大好，你真的没想过种山药。凭你这脑瓜，肯定比当兵赚更多哗啦响的钞票！"

申亮亮架起胳膊拉个弯弓射月的架势，又连打几个猛势冲拳，兴奋溢于言表："兵者，国之大事也。如果不是军队筑成热血长城，你的山药说不定要被敌人撸光！如果不是军人舍生忘死保卫和平，你这破老板再有钱，也是一张张废纸！

"当然，我不是没考虑过，跟你种山药，一年赚个十万八万的，很快就开着小车奔小康了。我不是不爱钱，钱多好啊，赚得盆满钵满，可以醉生梦死。可是，我一想到能穿上军装，握着钢枪，巡逻在祖国的边防线上，我的热血瞬间就沸腾咕嘟了。那才是一个纯爷儿们应该做的正事儿！那才是我梦想中的英雄！

"当一个人将青春和热血奉献给军营的时候，他看着伟大的祖国蒸蒸日上，他看着城里乡村喜气洋洋，他看着中华民族人人笑脸洋溢，无论他付出多少血汗，那份发自内心的欣慰，就是他最大的幸福！最亲爱的哥哥，祝福我吧！我也祝福你大老板发大财！"

亮亮以后的每次探亲，住得最多的就是李国家。看着李国的生意越做越大，那真是芝麻开花——节节高，家里的小型机械换成了大型装备，数量也轻松翻倍。规模种植的山药品质纯正，品相优良，成为供不应求的畅销货。

亮亮在军营里度过了两个年头，2007年底，到了决定去留的时刻。亮亮不想离开部队，部队也想留亮亮，签士官就成了顺理成章了。这时，李国又苦口婆心地现身说法，电话一个接一个，他只有一个目的：兄弟，部队混两年回来算了，看看现在正是创业致富的好时代，你真的跟钱有仇吗？

"亮亮啊，在部队受那个罪干啥，回来赚钱。你说就算你签士官，一月能挣多少钱？一个月就算一万，一年也就十多万，发不了大财！我们的怀山药现在供不应求，价格也一路走高。正需要扩大规模。你看我全套的技术、现成的机械、成熟的市场、稳定的销路，我都兜底给你，你还怕赚不到钱？

"东北多冷，整天开车出任务，干来干去还是个'老兵头'，哪如你回来当老板自在。干个几年，轻松松就'五子登科'了，这事包我身上！

"兵你也当了，再签士官不也是个兵？咋能一根筋铆在军营呢？就算你再当几年，不也得退伍转业，趁年轻早出来，现在的形势好得很，能赚钱！"

大实话句句敲打在申亮亮耳朵里，却没有撼动他留在军营的决心。钱，大老板，房子、车子、票子、妻子、孩子，"五子登科"，似乎是男人成功的标配。可申亮亮为何满心里就想留在部队呢？

采访中李国一语道破："依我看，军人荣誉已经熔铸在他灵魂里了，那满脑子都是部队！我打心底里佩服他！"

申亮亮跟李国掏心掏肺地说过，不知道从何时起自己心里的家，已经从黄河岸边熔铸在火热军营了。这里有关爱满满的首长，这里有纯朴热情的战友，这里有枕戈待旦的演习，这里有震天怒吼的比武，这里更盛装着自己神圣的理想、无上的荣光。

当申亮亮毫不犹豫地将留队申请书递到连指导员手里，指导员重重地拍拍他的肩膀："亮亮，我没有看错你！部队多些你这样的中流砥柱，就能无往而不胜！"

2

哥哥申明明又在埋怨弟弟了。

当初亮亮要参军时,明明心里其实是另有想法的,现在去城市搞装修是个发财门路,自己一个人总觉孤独,不如弟兄同心,抱到一块儿干。"兄弟同心,其利断金"。现在到处是工地,拉一个施工队,不愁赚不到银子。当两年兵又如何呢?到头来还不一样转业回来?可亮亮是吃了秤砣——铁了心,父母更是嘎嘣脆的两个字,当兵!明明自然不再好说什么。

但看到亮亮志在军营,心向往之,梦寐求之,他也突然被梦想点亮了,不觉间投了赞成票。直到亮亮欢天喜地穿上军装,英姿飒爽,精神焕发,他兴奋地抱住了弟弟,真是激情澎湃。军营是弟弟的梦,瞬间也让全家人扬眉吐气。

父亲嗫嚅着说:"我的好儿子,好儿子。当初我申请了四次,天不遂意啊。看来,我的梦真格是托给你了……呵呵呵……"转瞬间,老人又合不拢嘴了。

母亲此时从提兜里掏出黑色砂锅,轻轻地打开锅盖,馥郁的香味扑过来。亮亮垂涎三尺,配着葱花油饼,风卷残云地一扫而光。"这一到部队,吃的就是五湖四海的大锅菜,再难吃上妈妈的味道了。"

亮亮的泪花闪烁,对明明说:"我这一走山高水长,忠孝难以两全,替我照顾好咱爸妈……"

靠着诚信经营和质量领先,快速发展的城市让申明明的施工队有了用武之地,钢筋丛林间的挥汗如雨,也让熟练的技术获得了应有的价值，连鸟巢、水立方施工也邀请他们。

摊子越来越大，人数越来越多，明明感到急需要一个帮手了，最合适的，当然是自己的亲弟弟了。转眼间亮亮也到了退伍的年龄，谁承想，亮亮又要签士官呢？

哥哥愤懑地埋怨道："弟弟啊，我的亲弟弟。部队是不错啊，可我们施工队的装修活接不过来，建设首都也有我们的一份荣耀。你就没想过，抓紧复员跟哥一块儿干，利润平分，实话说，顶你收入十倍也不止，半点不心动？"

亮亮不紧不慢地说："哥啊，部队诚心诚意留我，我也舍不得脱掉这身军装，感到这里更有我的用武之地。你说得对啊，谁不爱钱呢？可是我在部队神清气爽，浑身有使不完的劲儿，战友亲如兄弟，装备形同伙伴，这里有很多比钱更重要的东西！"

这样的电话粥煲来煲去的，都煲出了糊焦味，居然都没有半点渗进亮亮心里。渐渐地，明明理解了弟弟，部队有他的荣耀，冲锋的呐喊声，激烈的训练场，高大威猛的装备，生死相依的战友情怀。

在很多血砺忠诚和无上荣光里，申亮亮追求的，是"强军梦"里一颗呼啸威猛的子弹，是坚固长城上那块坚不可摧的磐石！当军人的神圣理想熠熠闪烁的时候，也就敲碎了肥皂泡般俗不可耐的贪婪欲望。

五年军旅一期士官一晃而过，亮亮又绝无商量地签了中士。亮亮还是老调重弹："部队不想让我走，而我更不想离开部队！就这么干脆！"他从未改变坚毅潇洒的铿锵军人的本色。

哥哥还想劝说，这次父母的意见却出奇地一致："尊重你弟弟的选择吧。他在部队好着呢！"

明明一下子被钳住了嘴巴，他顿时醍醐灌顶。做哥哥的，最重要的是尊重弟弟想法，并不遗余力地支持他。家里能出一个献身军营的革命军人，这是一个多么无上的荣耀！

弟弟身在部队，心里却时刻装着这片温热的土地。采访中村支书胡东兴告诉我，每次回家探亲，他必定上门拜访孤寡老人申振东、残疾人张根生夫妇等，送去花花绿绿、温暖融融的慰问品，嘘寒问暖。他们泪眼婆娑地拉住申亮亮，看着他刚毅谦和的笑容、魁梧威猛的军姿，激动得语无伦次。

2015年，申亮亮探亲，就在扯起一根晾衣服的时候和胡东兴饶有兴致地讨教村里发展蓝图。当听说村里筹划修水泥路面，通达家家户户时，亮亮二话没说，掏出5000元钱说："这钱不多，算是一点微薄之力吧！"

这又是何种真挚的家乡真情呢？胡东兴告诉我，当时的他热泪盈眶。

3

在2013年春暖花开时节，让亮亮父母一直望穿秋水的儿媳妇在儿子探亲假时喜从天降：肤白貌美，长发飘飘，亭亭玉立，温文尔雅。是房地产开发商的掌上明珠。

亮亮父母不约而同地有些担心，这样的女孩咱的农家院笼屈盛不下呀！可人家女孩似乎对亮亮一见钟情，竟然欣然同意了。父母感叹：这亮亮是有福人不用忙，撞上门来的婚事，真是天作之合啊！

想当年，儿子越来越大的年龄催动着父母的心，亮亮不算小了，农村里说对象结婚早，二十一二岁纷纷喜结秦晋之好，很快孩子都活蹦乱跳地出现在跟前。爸妈真是忧心如焚啊！

几乎一打通亮亮的电话，婚事就成为妈妈绕不开的话题："亮亮啊，这次探亲回来，咱一定得把媒定了！"

亮亮却说："早着呢。大丈夫军营报国，何患无妻！自会有我心仪的女孩和我不经意地相遇。等着！"

短暂的探亲假给父母带来婚娶焦虑，却没让亮亮有半点心动，似乎他心里的感觉和父母完全是冰火两重天。花婶要介绍的女孩都很有意，可愣是被亮亮拒之门外，直到遇到了窈窕淑女佳蕙。

阳光明媚的一天，院子里桃花灼灼，蒜苗凝绿。花瓣随清风嬉戏，缕缕暗香飘送。父母早早穿戴一新，乐滋滋地要跟亮亮去县城走一趟，"去看房子，说不定咱也订一套。"

售楼部里人山人海，申亮亮与父母被领进了贵宾室。这时候喜上眉梢的表姐过来了，身后跟着一个漂亮女孩。申亮亮疑惑道："表姐，咋那么碰巧？"

表姐神秘地说："这是大美女佳蕙！太极古温一枝花。整个楼盘都是她家开发的！亮亮你们好好聊聊！"

亮亮不觉间眼前一亮，心里如小鹿乱撞，流淌着甜言蜜意，双手平放，笔直紧绷地坐着，仰头挺胸，纹丝不动，好可爱的军姿端庄的兵哥哥。

表姐插科打诨说："看我表弟，身板像铁塔，坐着也像一棵青松，是部队的'神枪手''装备专家'，想转业领导都不放！"

"哪个少女不怀春"，佳蕙看着亮亮神采奕奕、英俊挺拔，再看矫健威武、仪表堂堂，镇定自若又彬彬有礼，举手投足间器宇轩昂，瞬间融化姑娘的芳心。梧桐树引来了金凤凰，两情相悦的亲事就这样顺理成章地订下来。

采访中,李国和妻子赵三艳回忆,村里人都啧啧称慕:"咱亮亮真是掉福窝里了!"

订婚礼自然是要张罗的。一家人眉开眼笑,咋也得随个"一动不动""万紫千红一片绿"。人家再不缺钱,咱的心意得表达到。男方想法递过去,女方却传过话来:"都一家人了,哪来那么多繁文缛节。只要俩孩子满意,咋好咋办!"

挑了个良辰吉日,订婚礼还是要送的。两辆农家三轮车装满花花绿绿的礼物,从蚰蜒河边西南王村的农家小院,嘭嘭到县城繁华地段的三层别墅门前。走进金碧辉煌的洋房,佳蕙一家人热情地迎接出来,看着魁梧挺拔的亮亮,都露出了欣慰的眼神。

悠悠黄河边飞速发展的小城见证了两个俊男靓女的亲密身影,也吸引了无数羡慕眼光。芦苇返青的蚰蜒河边,看金色碎花开遍乡野,绿油油的麦苗随风招摇;宽阔雄伟的黄河堤岸,看滚滚浪涛天际涌流。美好的幸福时光,让亮亮的探亲假变得如白驹过隙。

4

女孩提出了一个要求,这使军营里的亮亮陷入了极度纠结,并做出了重大的抉择,这让所有人都目瞪口呆。

申明明回忆说:"你想这样家好、人好的女孩,打着灯笼难找!谁看都是天生的一对。人家就一个要求,让亮亮赶紧转业复员,做房地产老总的乘龙快婿。这亮亮呀,不知道咋回事,就一根筋⋯⋯"

我问:"女孩家境这么好,回来肯定是好事成双。以他这身本事,将来赚个盆满钵满、金玉满堂。"

申明明叹口气说:"看看到了转改的档口,女方想让亮亮立即转业结婚,本来是多好的事儿。而亮亮却不想立即转业,想在部队再干几年。谁知道,他到底想的是啥?"

"他跟你商讨过这个事吗?"

申明明摇摇头说:"现在我似乎有所理解了。他说过,只有去参加维和,才等于到了真正的战场,不然,总是自己军旅生涯的缺憾。"

答案似乎找到了,我透过明明的叹息,看到了热血军人的执着和一个美丽女孩望穿秋水的牵挂。

两人去逛街,倒是佳蕙在专卖店看中一套男装,执意让亮亮试试。亮亮穿着从试衣间出来,佳蕙满眼光彩地看着,啧啧称赞说:"军装是好看,可在家呢,总也得休闲休闲。这身衣服合身,不用脱了!"

亮亮急了,这还未过门,咋能花姑娘的钱,就抢着去付。可嘉蕙早已就轻松刷卡。亮亮再定睛一看,一套不起眼的男装那么贵呀!浑身真的不自在。

亮亮临走的那天,佳蕙专门约亮亮来到黄河边。她问亮亮,你想不想尽快走进属于咱们的小家呢?现在咱们都老大不小了,能喜结良缘,也是家人的热切期盼啊。再者,现在家里生意风生水起,父母特别需要一个值得信任的得力帮手,你是不是赶到这转业茬口抓紧回来,肯定是最合适的人选呢?

亮亮此时第一次参加维和选拔,因腰突落选,他就憋着劲儿,一边积极治疗,一边期待雄飞高中。此时,要转业其实也刚好是个茬口,可维和落选成为亮亮的一块心病,一向视荣誉为生命的他,作为集团军"一专多能"人才,体能、素质、专业从来不言输,这次,决不能让腰突给俘虏!

此时,佳蕙的温柔如潮水般袭来,此刻他愿意拿最温柔的词语送给黄河岸边的心上人。可是,佳蕙唯一的要求,犹如一座横亘逶迤的岱宗嵩岳,压在亮亮的心头,让他一次次辗转反侧。

多好的女孩啊!申亮亮,你不过是一个兵,一个庄稼汉的儿子,平凡普通的臭小子,如今走了桃花运,你还有啥嘚瑟的呢?骑上高头马,抱得美人归,是不是更重要呢?

这缠人的腰突,断送了你板上钉钉的维和梦,你的希望为何更加坚硬如铁?爸爸的电话来了,妈妈的电话来了,姐姐的电话来了,哥哥的电话来了,他们都只有一个苦口婆心的请求,机不可失,时不再来!说不定人家女孩一变心,你的大好前途可就凭空折断!你咋想的?!

他真的很想走进婚姻的殿堂,与心仪的女孩,享受温馨浪漫的二人世界。

他更想留在部队再申维和,是军人就要效命疆场,这是勇往直前的神圣使命!

女孩在电话里如漆似胶,温声软语,却没能迅速融化亮亮心头的誓言。似乎遥远的距离拉开了热切的思念,也许恳切的要求难以激起飞扬的浪花,本来你侬我侬、俊男靓女的姻缘黯然失色。等到女方将心意原封不动退回的时候,一家人都在脑海里画出了大大的问号,也对亮亮生出了铺天盖地的埋怨。

至于亮亮,无比的遗憾和深深的失落交织,他知道自己永远地失去了一个好姑娘,他感到痛彻心扉;可似乎留在部队的最大的障碍突然消失不见,他又感到如释重负。

第十一章　血砺忠诚

1

两年，七百多个日夜，他都在备战维和的路上奔跑，风雨无阻。忠诚磨一剑，申亮亮不仅磨出百折不挠的勇毅，更是磨出战无不胜的豪情壮志。

好男儿志在疆场。参加维和，成为申亮亮"咬定的青山"，可是却因腰突屡战屡败：2013年第一次选拔名落孙山；2014年第二次选拔止步后备，与维和擦肩而过。

两次的维和选拔失利，让申亮亮懊恼失落过，看着意气风发的战友们整装待发踏上西非征程，他送上满满的祝福，心里塞满痛楚的遗憾和无边的失落。

天色尚且沉浸在熹微的晨光里，松花江远望去一湖澄碧。近处的松柏青青郁郁，掩映着整洁的营房，松花江上吹来湿润的空气，通体仿佛醍醐灌顶一般。

申亮亮趁着夜色悄悄地从床上爬起来，战友们发出熟睡时的轻鼾声。他轻轻地穿上衣服，蹑手蹑脚地走出营房，冲进了让他舒展手脚的天地。

开阔的训练场上静悄悄的，宽阔的跑道托起他敦厚的脚掌，助推他大步流星地前冲。在这熟悉的一草一木里，申亮亮感到了醉心的温暖。转眼间11年过去了，刚来时还是青涩无知的毛头小伙，如今经过这"大熔炉"的锻造锤炼，成长为一名勇猛冲锋的钢铁"上士"。部队给我羽翼，不飞更待何时？

前方就是一溜溜整齐排列的"绿色巨人"，作为站长，这些亲密伙伴成为申亮亮形影不离的朋友。很多时候它们跳进申亮亮的梦里，跟他欢快地紧紧拥抱，喜笑颜开地跳舞。如今它们一双双大眼睛看着心得意满的申亮亮，张开健硕的臂膀，列队欢迎这位步伐铿锵的"老伙计"。

汗水变成无数"小蚯蚓"悄无声息地爬满申亮亮的全身，申亮亮的步伐更加矫健。围绕着车场转了一圈，"伙伴们"都在热情鼓励，他的心里甜蜜蜜的。晨曦明媚地照射在他线条分明的胸肌上，那里有一团报国出征的火焰在燃烧。

申亮亮头顶冒着热气回到班里。大家都忙碌着准备洗漱，看着亮亮"超强加训"后若无其事地洗脸、刷牙，都暗自钦佩他是个理想坚定的革命军人。这"水滴石穿"的功夫长年累月风雨无阻，看来真是个"拼命三郎"呀。这身边的标杆，正是大家的学习楷模。

没等稍做休息，外边出操的铃声响起，申亮亮又抖擞起精神加入战友们的整齐步伐里。时刻准备接受祖国和党的召唤，为了和平使命出征！

在连队武装五公里越野训练时，申亮亮和战友们整装待发，刚开始申亮亮的速度如离弦之箭一般，步履如追风逐日、流星赶月，自然的，申亮亮依然是冲在前排最闪亮的"尖刀"。

可是渐渐地，申亮亮的步幅缓慢下来，眼看一个个战友从身边飞驰而过，他看起来有些力不从心，似乎是腰突复发。战友们纷纷鼓励他："亮亮，向前冲！""亮亮，快冲！快冲！"有一瞬间，亮亮果然又冲了上来，那速度真不是一般的快！

跑步结束休息时，熟悉的战友抖落出了申亮亮的秘密法宝：一件15斤重的训练衣，一穿就是两年，想想吧，同志们，如果他甩掉了15斤的负重，谁能匹敌？"噢噢，原来……这家伙还藏一手啊！"

眼看到了2016年3月，第四批赴马里维和任务再次下达。请战热潮再次在申亮亮所在部队澎湃，战友们纷纷递交请战书，将一颗赤诚报国的红心献给党。只要祖国需要的地方，就是坚毅值守的战位！

尊敬的党组织：

　　我是营部战士申亮亮，我自愿申请加入第四批赴马里维和工程兵大队，听从党的召唤，服从组织安排，不怕艰难困苦，愿意赴马里执行维和任务，为维护世界和平使命，展示中国军人的良好形象，尽我自己的全部力量。

　　我是2005年2月参军入伍的，当兵11年，个人的成长进步，能力素质的提升，都离不开组织的关怀和培养。前两次维和，我都递交了申请书，虽然未能实现维和梦，心中有一点遗憾，但我深知是个人身体情况、能力素质与要求存在差距。当得知团里要组建第四批维和工程兵大队时，我只存在一个念头，再次向组织递交申请，我志愿加入维和大队，执行维和任务。任务越危险，越能体现维和军人的价值；环境越艰苦，越能折射出蓝盔勇士的担当。组织的要求，就是我的使命，我一定不辜负组织的培养和战友们的期望，加紧苦练，不畏艰难，为团队争光，为实现入党誓言而努力奋斗。围绕我们"有道德、有本事、有血性、有灵魂"的"四有"新时代革命军人练兵，请组织考验我！

申请人：申亮亮
2016年3月6日

申请书再次被申亮亮郑重地递交给组织，他的腰突经过治疗已康复如初，政审、体检、比武样样顺利通关。两次碰壁的申亮亮，忐忑中等到了尘埃落定的消息，他成为维和行动的正式队员。这一刻，他深深地长出一口气，眼光却穿过万里之遥，倏忽化身为一只翻飞的和平鸽，投向西非。他的热血顿时沸腾了。

2

"嗨！好小子！我等你好久了！"两只有力的臂膀将申亮亮拦腰抱起来，正在要使劲猛摔的时候，申亮亮一个翻转，卡住了他的双手腕。好啊，力与力势均力敌，同时松手瞠目。

申亮亮惊喜中紧紧地抱住他："豆豆，你小子越来越结实了！要真是敌人偷袭，我这一使劲，手腕就断了！"

第十一章　血砺忠诚

部队上士司崇昶笑着说："真到了战场，我会给你反抗的机会吗？！小试牛刀，呵呵！"

后边突然一双更有力的大手搭在二人肩头，二人回过头去，嗬，龙哥来了！二人同时立正敬礼："中队长好！"

卞龙笑道："祝贺我们仨，为了和平使命，就要异域建功立业了。这一去山高水长，我们立体中队要做维和楷模，为中非友谊、世界和平增砖添瓦！"

这是第四批维和全封闭模拟营区里的温馨画面，新的任务让战友们群情振奋、斗志昂扬，嘹亮的歌声此起彼伏，在模拟营区激荡回响。一批工兵精锐在这里接受实战环境的演练，为准备进入任务区做好准备。

一针，两针，三针……人类最先进的防疫针和能够对抗各种病毒的活跃疫苗，都有计划、有步骤地注入战士们的身体。疫苗们迅速手拉手生成了茁壮抵抗力，可现代医学知识表明，疫苗本身也是病毒，打了疫苗后三年内不能要孩子。

这对很多人无所谓，可对申亮亮来说，29 岁，正是要走进婚姻殿堂的年龄，就算他不在意，可他的另一半却较起真来。

"亮亮啊，我都 30 岁了，一个女人等不起的年龄！多么期待，你牵我的手，走过长长的婚姻的红地毯……为了我，为了我们这个小家，你就别去维和了，好吗？"这是亮亮的热恋对象雅雯的苦苦哀求。

"雅雯，维和出征，是我四年来最大的期盼，是我梦寐以求的战斗。任务来临时，军人以服从命令为天职，热血报国是铮铮有声的誓言。和平时期，维和就是战场。军人只有上了战场，才有最高的价值。"

女友的哭声没有打动申亮亮坚硬如铁的决心，尽管女友的催促如雪片般告急，尽管家里的电话此起彼伏地劝解，可军人的使命和荣誉融入他铁血般的信念，他还是干脆果断地做出了自己的抉择，毫不犹豫地递交了维和请战书。

是女友的哭声吗？多么让人心碎，她是一个善解人意的女孩，落落大方，知性文雅，明眸灵动，楚楚动人，在亮亮心里柔美万千。爱情对30来岁的男女来说，来得正是时候。可对一心要上战场的军人来说，要冷酷到底吗？

国际维和就是残酷战场，危险会如影随形。亮亮不是不知道，他只是从来没有对家人提及。一句简单的维和，似乎对本分朴实的侍弄庄稼的父母来说并不知道确切的含义。他们教育儿子最多的是部队让干啥就干啥，干就要干出样儿来。一切以服从命令为天职！

采访中申天国告诉我："他说去维和，我们都不太了解维和究竟要干啥。亮亮这孩子孝顺，怕我们担心，从来都只给我们报喜，说的都是平平安安的宽心话。直到出事后，我们才知道，马里是危险的维和任务区。"

模拟营区里，申亮亮和战友们正斗志昂扬地紧张练兵，战场意识，战斗技能，自救、互救、战场救护……一切按照维和任务开展高强度的演练：

出任务遇到炸弹袭击，硝烟弥漫里，战友们按照预案各就各位，黑洞洞的枪口，警惕地盯住未知的险情……

平静的营区，突然警铃大作，有小股敌人偷袭。指挥员冷静指挥，战友们迅速到达战位，严密布控，震爆弹在空中炸开，袭扰"敌人"四散奔逃……

胜利的喜悦在他们英俊的脸上荡漾。全副武装的申亮亮为战友们竖起大拇指。前边的司崇昶、杨占成、丁福建，后边的卞龙、马腾飞，所有参战战友都豪气地竖起大拇指，为干脆漂亮的"防御战"庆贺！

3

2016年5月初，江城吉林，玉树摇翠，绿水潺潺。熙熙攘攘的吉林市松江小商品批发市场内，随着拥挤嘈杂的人流，批发文具用品摊位前，钻过来笑眯眯的军人申亮亮。他仔细地查看着各类学习文具用品，拿起一款大熊猫吃翠竹的湖蓝色印花书包，仔细地翻看。

摊主刘大姐是个热心人，看到军人来买书包，就急忙介绍说："这款'蓝猫'是正牌子，看看做工，讲究得很，用料也考究，你儿子保证喜欢。你们部队的人，我统统给批发价，算白给你捎。"

申亮亮看后点点头说："不错！不错！"

他又拿起同款带着金丝绒大熊猫的粉红色印花书包，也仔细地看着。刘大姐笑道："这是女孩普遍喜欢的颜色。感情老弟有个巧闺女，就这款最好。保证让闺女喜欢得不得了。"

申亮亮点点头说："这两款各来一打！一块儿打包。"

刘大姐恍然大悟说："哦哦，这是咱部队要去慰问吧！咱人民子弟兵就是好，不但保家卫国冲在第一线，心里还牵挂着上学的娃们！多好的人哪！"

文具们在兵哥哥的挎包里，马上就要漂洋过海到西非，穿越大半个地球，到达位于撒哈拉大沙漠边缘的那饱受战乱的马里儿童手里，作为来自东方文明古国的节日礼物。

采访中，部队中士马腾飞告诉我："亮亮就是个有心人，想到马上到'六一'儿童节了，处在战乱中的马里儿童，也许更渴望安静的学堂吧。他很高兴将这份中国维和士兵的心愿，给孩子们带去一份小小的快乐！他也真的是非常喜欢跟孩子们在一起。"

从批发市场回来，申亮亮又急匆匆地来到丰满社区，他要去看望一下吴冬坤。如今的吴冬坤家境依然极度困难。奶奶年迈，父亲脑出血后遗症卧床，母亲靠打零工维持一家人的生计。

早就告别了敏感脆弱的吴冬坤，如今学业蒸蒸日上，舒心的微笑大幅写在他曾经凄苦的脸上，俨然变成开心快乐的大男孩。政府给他家分配了保障房，满满的温暖和关爱让他如沐春风。

教室里传来琅琅读书声，吴冬坤正在上课。申亮亮隔着明亮的玻璃，看着吴东坤神情专注的样子、认真书写的模样，祖国的禾苗在课堂里茁壮生长。他的心底也暖暖地感动。孩子是最单纯善良的，人生路上难免经历些风吹雨打，当他在人间的温暖里走过风雨，就会在明媚的春天里放歌！

从学校回来，还没进营区大门，就看到了一个徘徊的身影：那是雅雯瘦弱的倩影！几天不见，雅雯憔悴成了纸片人，原来红润润的小脸，变得焦黄枯槁；原来天真烂漫的笑容，替换成凄苦无助的惨淡；原来欢快的步履，如今蹒跚踯躅。

雅雯的泪水正在悄悄地滑落。申亮亮似乎还沉浸在即将雄壮出征的豪迈里。他扶住雅雯，替她擦去一脸的泪痕说：

"雅雯，不要胡思乱想。为了和平使命，我光荣参加维和任务。你应该笑着欢送我才是！那里的人民正在受苦受难，我们去维护世界和平，多有意义啊！祝福我吧。也让我带着笑容出发！"

雅雯的泪水如断线的珠子，一滴滴地滑落。她期待着与相爱的人早日牵手步入婚姻殿堂，相爱的人就要筑成爱巢，却瞬间被碾碎，相隔万里的思念，三百六十五天漫长的时光，又要在思念里苦苦煎熬了。

第四批维和工程兵大队奔赴马里的出征仪式在龙嘉机场举行。整齐的队列，雄壮的军容，昂扬的斗志。头戴蓝盔的申亮亮和队友们，在声声祝福里，背着厚厚的行囊，昂首踏上国际航班，从松花江畔的黑土地起飞，一路向西，向着战火纷飞的地方进发。一群和平鸽就要降临撒哈拉，给受苦受难的人民带去和平吉祥。

不多久，申亮亮透过飞机舷窗，看到了逶迤绵绵的太行山，波光粼粼的九曲黄河和黄河边阡陌纵横的土地，父母日益苍老的容颜浮现眼前，申亮亮不觉间泪流满面。

第十二章　使命高于爱情

1

喜庆的爆竹在西南王村的农家小院里炸响，火红的纸屑在湿暖的春阳里翩翩起舞。2016年初，刚过春节，申天国、杨秀花老两口此时却异常忙碌地杀鸡宰鹅，灶火跳蹿。探亲归来的儿子携对象即将到达！

这闺女真俊啊！在西南王村围拢的村民一片啧啧称赞声里，以往将目光集聚在亮亮身上的乡亲，如今的艳羡毫不吝啬地送给了亮亮身边的姑娘。

吃着亮亮和姑娘捧来的糖，他们都诚心悦意地说出了殷切关怀的肺腑之言：

"咱亮亮就是有福啊，看着闺女多俊，跟画里的明星一样！"

"咱温县黄河边个个都是帅哥。看看，我的娘咧，真是天造的一对，地设的一双！"

"早点结婚，亮儿！看俺叔俺婶子，单等着抱大孙子哩！"

申天国、杨秋花老两口脸上的皱纹顿时舒展开来，笑得合不拢嘴。唠叨多年的儿媳妇从天而降，雅雯，多文静淡雅的名字，看女孩甜甜的笑靥、婀娜的身姿、一说带笑的喜性、跟亮亮举手投足间的默契，好啊，好好！

"爸爸！"雅雯亲手用一件细鸭绒羽绒服，替换掉申天国发皱的旧棉袄，老人顿时被鸭绒服的温暖围绕。

"妈妈！"一件沉紫呢子大褂，让杨秋花身上的碎花棉袄相形见绌。雅雯贴心地给妈妈穿在身上，催开了妈妈久违的朗朗笑声，多年敷衍的儿子如今抱得美人归，啊，这女娃多好！越看越耐看！

姐姐海霞、哥哥明明、外甥、小侄子都得到了心仪的礼物，这些礼物穿在身上、拿在手里，迅速拉近了心与心的距离，马上就有了一家人的默契。其乐融融的生活，阵阵欢乐的笑声，老人家合不拢嘴，孩子们欢呼雀跃，都在久违的农家院里出现。

这女娃能吃惯擀面条吗？妈妈的担心在擀面杖里转动，不料雅雯却洗了手过来，笑眯眯地将妈妈拉一边安坐，在妈妈的不舍和推辞中，自己动手擀起来，擀面杖在她纤细的手掌下灵巧地滚动。很快，细细的面条在切菜刀里闪亮登场。

申天国回忆说："你不知道，这女娃真好，我们全家一眼就相中了。我和你大妈那高兴劲儿，真像压在心底的石头搬开了！就一天三催他们快办喜事，真的不能再拖了！可这亮亮，就是不顺这个茬，你说这孩子气人不？"

我问道："大概是亮亮考虑到维和是去惊心动魄的战场，怕耽误女孩，才约定维和回来结婚。"

杨秋花连连点头说："是啊，亮亮前两次申请维和未遂，我猜想他不是不想结婚，而是不想把危险留给女孩，所以他跟女孩有了这个约定。他当时瞒着我们，也是怕我们担心！"

雅雯来做申家儿媳是诚心诚意的。就着火炉的温馨，羊肉火锅翻滚出馥郁的香味，女娃单刀直入地请求："一间房，一座院，一颗真心，足矣！我可期待着早日嫁入申家，在您老人家膝下承欢呢！"

这真是天仙般的女娃落在咱普通农家院里。一家人围住亮亮，七嘴八舌地发起了凌厉的攻势。

"亮亮啊，亮亮，这女孩好不好？"

"好啊！很好。"

"既然好，我们看是打着灯笼难找，人家就图你一个人，你不结婚还等啥呢？剜到篮子里才是菜！结吧！老大不小了，等到猴年马月，再等不也得过这一关！……"

"看看咱村里，你这么大的，小孩都打酱油了。哪还有三十不婚的男娃呢？你一天不结婚，父母心里总是不踏实！……"

亮亮嘴里说着不急不急。再说就没有了下语。婚礼在他面前悄然止步，这是一个没人猜透的谜。他心里到底在盘算什么呢？

2

"儿子，快点找对象结婚吧，我们可等着抱孙子哩！"

随着亮亮年岁的增长，父母逼婚的急切电话时常到达，可亮亮似乎并不着急，总是一副乐呵呵的豁达模样说："放心吧二老。大丈夫投身军营，何患无妻！"

从离开家的那一刻，亮亮对家很深很长的思念刻在了心田。想家的泪水，洒落在新兵连的日日夜夜。

一梦醒来的时候，思念就从霞光里照进来，像妈妈的手抚摸着……

训练歇息的空晌儿，思念就从绿茵如毯的操练场上氤氲过来，像爸爸无微不至的关爱……

吃饭的时候，思念从家乡口味的对比中蹦出来，妈妈的味道萦绕在心头、咀嚼在嘴里，化成滚烫的热泪在眼眶里……

后来，思念就悄悄变了模样。在军营里变成了信函里的文字或电话里的问候，而日思夜想的家，就在信件或电话的那一头。而探亲回家的时候，思念就变成火热军营的铿锵生活和相濡以沫的战友们，魂牵梦绕着嘹亮的军营的号角声，那么多的"巨无霸"战友都在等待着他，他感到自己的心骤风般地回到了部队里……

没过几年，父母的牵挂咋就悄悄变了模样呢？他们不再只是说让他以服从命令为天职，坚决听从党的召唤，好好训练做一名合格军人之类，而更多是给他张罗相亲对象，利用探亲机会抓紧相亲！先订媒！

"儿子啊，你看看，咱村里跟你差不多大小的，二十出头，基本都订好媒了！再过几年，孩子都跑来跑去了。就算你是部队上的人，早晚还不得结婚生子！"

一年又一年，父母的心愿越来越急迫。每次亲情电话，谈来谈去总要归拢到这个话题。父母正在一年年老去，身边的年轻人陆续步入婚姻殿堂，似乎父母对"男大当婚"的传统根深蒂固，而在亮亮的世界里，满眼里都是部队的生活，自己的感情问题被悄悄地束之高阁。

爱情，多么神圣美丽的字眼，一位美丽翩然的心上人，来到自己身边，陪他去看松花江两岸好风光，去看黄河天际滚滚流，无拘无束地牵手在沙滩上，任波浪亲吻红红的小脚丫。他愿在红彤彤的夕阳里和相爱的人相偎相依，在爱情里慢慢老去……

可又是什么阻挡了自己的美好姻缘呢？又为什么要死盯着再续三期士官呢？还是那个魂牵梦绕的维和梦吗？

不该毁掉的美好姻缘，让父母的心被撕裂得七零八落，郁结成一道横亘的坎，对儿子的哀怨镂刻在心里，却又不忍时常提及。多好的姻缘啊！就这样眼睁睁地失去，多么痛的失落啊！

亮亮呢，他的全部心事都在军营里，小小的遗憾总是有的，可他的理想就是要在部队接着干，他的目光越过实战化练兵，瞄准了维和的真实战场。

申明明清楚地记得，亮亮曾打电话告诉他："我当了十年兵，如果没有上过战场，总会留下很大的遗憾。我会积极申请，一定要戴上神气的蓝盔，在战火里履行和平使命！"

3

如果所有的相遇都是命中注定，而有情人的一见钟情却如碧莲上晶莹的露珠，刹那间的回眸却可穿越千年。亮亮怎么也没有想到，漂亮的雅雯会如同一朵五彩的云朵飘荡进他的生命里。

枫叶红透的北山，花开烂漫，秋色迷人，见证了二人牵手攀登的倩影；澄碧静谧的松花江，春光明媚，紫燕剪水嬉戏，二人并肩而坐。迟到的爱情在两人的心底燃烧，美丽的憧憬在一遍遍地畅想。

第十二章 使命高于爱情

"亮亮，过了年我就是30岁的老姑娘了。父母一遍遍地催婚，我真的耳朵听出茧子来了。30岁，我心里的一道坎。你呢？爱我吗？想娶我吗？"雅雯心直口快。

亮亮吞吞吐吐地说："也许再等一年不迟……部队的事情太多了……"

雅雯揪住了他的耳朵："说，什么时候？我不要你的彩礼，不要你的楼堂瓦舍，只要你的真心，能不能给我个痛快话！"

亮亮笑着却嗫嚅了："我申亮亮会永远爱你，可我们很快……就有重大任务，给我一年时间……我也了却一个心愿，到时咱立即结婚。"

雅雯更不高兴了："任务是任务，结婚是结婚，哪有为了任务不结婚的道理！你还爱我？就让我一直单着当嫁不出去的老姑娘啊！给我个痛快话！"

亮亮笑眯眯地说："你想想，我非你不娶，你非我不嫁，这煮熟的鸭子还能飞吗？"

雅雯故意生气道："我跟你啥关系？处朋友？谈对象？或者只是个熟悉的陌生人？这八字没一撇！说不定又碰到一个想娶我的人，我就嫁了！反正现在也不是没人要我！"

亮亮心里也在甜蜜而痛苦地纠结着……

维和使命就是危险重重的战场，此时此刻，他多么多么爱雅雯，爱得彻骨透髓，才不想将惊心动魄的漫长等待残酷地留给心上人。万一自己有个三长两短，非但给不了她该有的幸福，岂不留给她一辈子哀伤……

他想，一年后维和凯旋，带着满满火热的记忆和军人的荣耀，身无挂碍地牵着雅雯的手走进婚姻红地毯，过着夫唱妇随的幸福生活。

有一双儿女，有一座温馨简朴的小院落，与心爱的人双宿双飞，有自己温暖的安乐窝，多么惬意啊！

可是，维和出征的战鼓咚咚擂响了！热情再一次涌现，申亮亮早就在脑海里，翻腾良久的维和愿望，犹如火山爆发般地喷薄而出。这些化成真挚灼热的情感，让激动的笔尖在维和申请书上倾诉，果断干脆地递交给组织。

申请、政审、选拔……军营一系列的出征组建火热进行，而亮亮军营外的热恋爱人却毫不知情，她依然在憧憬着踏进美好婚姻的殿堂。多少次在梦中，亮亮变身白马王子，骑着双翼马，带着白雪公主的她，在溢彩闪烁的金色麦浪里尽情地穿行，后边跟着一对天真无邪的儿女……

梦醒后，她突然感觉，亮亮对她似乎冰冷了许多，怎么就多日也不见主动联系了？他究竟在忙些什么呢？

4

热恋中的女人，心是最敏感的。突然之间，雅雯感到亮亮莫名其妙地"变心"了。以前无微不至、关心体贴的大"暖男"，本来春风十里的温柔，咋就突然变成冰凉初透的寒秋呢？

亮亮此时已经顺利通过维和选拔，昂首阔步地踏入维和模拟军营，从这一刻开始，他也就意味着踏入战场。此时热血燃烧的他，却没有将奔赴马里参与第四批维和任务的消息告诉那个正在期待跟他喜结永好的恋人。

第十二章 使命高于爱情

在亮亮看来，如果跟雅雯和盘托出，她肯定会寻死觅活地阻挡。那些刻意的温柔，顿时让亮亮心神俱裂。如今，维和任务已经重任在肩，他的确是不能再有任何分心了。不是不想爱，不是不愿爱。跨越大半个地球，去马里执行维和任务，成为战火纷飞里一道和平风景线，这才是我最神圣的梦想！

雅雯果然风风火火地找上门来，就在部队营区大门外，申亮亮在一个短暂的闲暇里，见到了着急上火的雅雯。雅雯一脸冰霜说："亮亮啊，你这特工做得好啊，把我瞒了个干干净净。我就这么让你讨厌吗？你把我当成什么人了啊？"

亮亮平静地说："你不要问，不要说，我咋去咋回来。大任务来了，谁都蹦高想去。我是一名军人，荣誉感和使命感早融入血液。有一天战争出现在中国，还不得保家卫国？穿军装就是为国家，当一次兵，出一次国，上一次战场，才是一个真正的兵。你应该支持我的工作。"

亮亮一身荒漠迷彩，因为训练显得黝黑发亮，依然是憨厚纯朴的笑容，依然是挺拔魁梧的身姿。他说："雅雯，穿上了这身军装，就要以服从命令为天职。如何做一个革命军人？任务面前，党的召唤面前，国家需要面前，只有勇往直前接受挑战，保持坚决冲锋的姿态，去完成一个属于军人的和平使命。

"我不再是谁的儿子、兄弟、恋人，我更多的属于这个庄严使命。如果我仅仅考虑个人的事情，寻找一些理由和借口，我岂不是逃兵吗？

"我是有很多牵绊，我有深爱的父母，他们日渐老去；也有深爱的你，相濡以沫的感情，多少次梦里，我都想和你在温馨小家共享幸福快乐。可是，雅雯，这些，在维和任务面前，我都不能去想，想多了，就成为牢固束缚的温柔的网！

"我这一去，春夏秋冬的一年，要面对极度高温、瘟疫霍乱、战火硝烟、枪林弹雨的多重考验，我早就将生死置之度外……我多么爱你，我的心此刻都在维和任务上。无论如何都不能给相爱的人一个生死未卜的结局，一段提心吊胆的日子。

"只有让爱情焦灼地等待。你如不离不弃，我凯旋之日，就是我们喜结良缘之时，就算你另择新欢，我也给你最美好的祝福！"

雅雯泪水如断线的珠子，她抓住亮亮的双手，委屈地问："亮亮，军人的职责如山，我自然知道，也会全力支持。可你这一走，你就把我的心也带走了，我剩下一具没有灵魂的躯壳，活在长长的思念里，你就不可怜可怜我吗？维和任务是重要，可我在你的心里，就不如一粒草芥吗？你的心咋就这么硬……

"你如果真的对我好，为何不能给我一个温馨浪漫的婚礼！就算你去维和，就算前方有刀山火海，我也愿意以妻子的身份，送你去出征！亮亮，告诉我，你变心了吗？"

"在天愿作比翼鸟，在地愿为连理枝。天长地久有时尽，此情绵绵无绝期……我以军人的荣誉承诺，申亮亮不会变，如果雅雯也忠贞不贰，那么我凯旋之日，就是踏入婚姻殿堂之时。"

雅雯说："给我唱《说句心里话》，好吗？听众除了我，还有这春风小花，还有青山绿树。"

　　说句心里话，我也不傻
　　我知道从军的路上，风吹雨打
　　说句实在话，我也有情
　　人间的那个烟火，把我养大
　　（来来来来来）话虽这样说

第十二章 使命高于爱情

（来来来）有国才有家

你不站岗，我不站岗

谁保卫咱祖国，谁来保卫家

谁来保卫家……

相对无言，默默心碎，唯有泪千行。维和归来是漫长的一年后，对相爱的人来说，胜利归来的甜蜜婚礼，足以让她有了无尽的安慰。

亮亮的苦痛凝结在心里，面对爱人心碎的泪花，他纵有铁石心肠，此刻也全都化成酸泪在心底涌流。只能将万千对不起化作沉默而坚毅的目光。出征在即，亮亮此刻心里装满战斗前的责任，就算雅雯依依惜别的泪水涟涟，真的没有时间卿卿我我，说了几句话也就挥手作别。

出征前的惆怅总会有的。奔赴西非的航班钻进飘荡的云朵里，他的眼前出现了雅雯苦楚的脸庞，内疚烙印在心底。他想："西非战场正在前方，神圣的使命重担在肩，我全部的精力都属于我的战位。待我衣锦归来时，正是洞房花烛夜，是何等快意！"

第十三章　西非战场

1

国际航班从长春龙嘉机场呼啸着划破长空，载着带着祖国和人民的重托的申亮亮和战友们，奔向西非马里。越过阡陌交错的农田，绵延褶皱的高原，漠漠无边的沙漠，浩瀚蔚蓝的海洋……

调皮的灰云团不停地拍打着机翼，旋进硕大的涡轮发动机里，无边的云海紧贴在机腹下，推举着飞机轻幅颠簸起来，可第四批赴马里维和工兵分队的申亮亮和战友们，此刻却依然坐姿稳健。一抹国防绿的主色调上，无数蓝盔汇成一片跃动的海。

航班风尘仆仆地跨越中亚大陆，穿过红海边沿，飞越大西洋东海岸。当茫茫无边的漫漫黄沙里一条蜿蜒的河流捎带出点点的绿洲时，飞机开始从云层里俯冲下来，零落的建筑掩映在稀疏的树丛里，这是马里首都巴马科。

第十三章 西非战场

短暂停留后，飞机再次钻入云层，旋即降落下来。马里第二大城市加奥张开欢迎的双臂，与张张笑脸一起，迎接着来自中国的正气凛然的联合国维和勇士。

时差是8个小时，可在器宇轩昂的士兵们脸上，看不到半点疲惫，他们背着沉重的装备，整齐地列队走出机舱旋梯，踏上一片陌生的国土。突然，一串突兀的机枪子弹声，嘎嘣脆地从远方蹿上机场上空。战友们都自觉地聚起警惕的目光，空气里的战场硝烟扑面而来。

加奥机场工作人员似乎见惯不怪，依然在按部就班工作，塔台的灯光不紧不慢地闪烁，高大的旋梯慢悠悠地撤离，微笑的空姐挥手与蓝盔勇士告别。

机场候机楼的墙壁、屋顶上，随处可见的斑驳陆离的弹孔，坑坑洼洼，深深浅浅，一副破落哀伤的模样，确凿地记录着遍体鳞伤的激战，见证着这个国家曾经历经的伤痛。

轰隆隆的装甲运兵车将从东方文明古国而来的国际维和工兵分队，有秩序地友好装进宽敞的"肚子"里，威武的高射机枪却不停地旋转着，警惕地窥视着暴恐的蛛丝马迹。在这里，安全防御成为国际维和的头等大事。

和平鸽衔来了橄榄枝，却被派系交错的交战各方吞噬，枪林弹雨不时在尼日尔河边来回绞杀，犹如撒哈拉沙漠一道流血的伤口，给本来贫瘠的土地笼罩了一层厚重的阴霾。

包含着细沙的热浪却毫不客气地滚滚扑来，一浪一浪横冲直撞，炙烤在亮亮脸上顿时蒸得发烫。这马里的夏天被撒哈拉沙漠无情地蹂躏着，在高温和风沙的拉锯战和派系纷争的明枪暗箭，变得更加焦灼难耐。

猝然而至的沙尘暴铺天盖地,一阵阵炙热难耐的狂飙席卷而来,天空顿时伸手不见五指,时而发黄,时而发红。遮天蔽日的黄沙随风起落,天地被湮没在一片昏黄的混沌里。

装甲车驶入加奥营地的"中国维和工兵连",营门的防御从外到内分别是路障破胎器、拒马、对开的升降门。营地由四面沙箱围堵成,入口为"S"形弯道,外围设有一道带着反刺的铁丝网和一道沟壑组成的栅栏,构成了防守严密、进能攻退能守的"家"。

营区内,鲜艳的五星红旗和蔚蓝色的联合国旗迎风飘扬,欢迎声此起彼伏。旗下一排排涂着"UN"字样的白色大型"推挖装"排列整齐,整装待发,欢迎着申亮亮这批轮换战友的到来。

战友们来不及休息,立即投入交接的各项工作。战位换防更不能留下一丝安全空隙。马上就要归国凯旋的战友和风尘仆仆出征到达的战友紧紧拥抱在一起,血浓于水的亲情,互道祝福和感谢的话语。

入夜,一道火光划过漆黑的夜空,接着腾起一片火光,远方传来了隆隆的爆炸声。前沿观察哨报告,那是一枚落单的火箭弹。第四批赴马里维和工兵分队立体中队长卞龙告诉大家:

"这样的爆炸,在这样派别林立、犬牙交错的交战区,就如同家常便饭,维和就是一场能看见硝烟的战场,大家一举一动,都代表着中国、中国军人的形象,一切行动要服从命令听指挥,确保完成和平使命的任务!"

2

穿防弹衣，蹬野战靴，戴蓝色钢盔，主哨申亮亮麻利地拎起九五自动步枪拐在怀里，迈着整齐铿锵的步伐，与同样全副武装的副哨司崇昶并排。不同的是，司崇昶抱着一挺轻机枪。

申亮亮对司崇昶笑道："能够戴上这蓝盔，我骄傲！生穿军装，死盖国旗！此生足矣！"

司崇昶边擦轻机枪边说："假如有一天战场出现在中国，我们就是坚不可摧的钢铁长城。我骄傲！"

申亮亮说："那咱得唱首歌！"

司崇昶耸耸肩膀说："唱！"

申亮亮：我和我的祖国，

司崇昶：一刻也不能分割——

申亮亮：无论我走到哪里，

司崇昶：都流出一首赞歌——

申亮亮：我歌唱每一座高山，

司崇昶：我歌唱每一条河——

申亮亮：袅袅炊烟，小小村落

司崇昶：路上一道辙——

（合唱）：我亲爱的祖国，

我永远紧依着你的心窝，

你用你那母亲的脉搏和我诉说……

二人在豪迈的歌声中流下了赤子的眼泪。并肩齐步走到沙箱三层的2号哨位，敬礼换岗。

采访中，部队上士、一等功臣司崇昶告诉我："我们处在派系交战的中间隔离带上，为的就是阻断一触即发的战乱。真正如一道绿色长城，让和平的阳光照耀在尼日尔河上。可是意想不到的情况随时可能发生，零星的枪炮声时有耳闻，又让我们真切地感受到战争如影随形，得时刻提高警惕！"

湿热的气浪不怀好意地猛扑过来，肆虐在撒哈拉大沙漠和潺潺的尼日尔河上，营区犹如旺釜蒸笼一般，变得无处可躲。全副武装的申亮亮和司崇昶，顿时全身爬满汗水。

哨兵就是营区的"眼睛"，守卫着身后战友们的安全。他们顿时忘记了热浪挑衅的汗流如浆。挺直的腰板钉立如松，握着钢枪的双手坚硬如铁，炯炯有神的星眸警惕地搜寻。

门口不远处中国援建的N8公路上，不时有当地人顶着笨物散漫地走过，钦敬地冲着营区张望，甚至可以清晰地看到他们友好的笑容、竖起的大拇指。

有皮卡车轰隆隆颠簸着开过，车上就有两三个身穿长袍、白头巾、留着长胡须的壮年男子，晃动着AK47步枪和肩扛榴弹炮。皮卡车卷起一阵飞扬的沙尘，滚滚的沙砾卷过来拍打着哨位的沙箱，绝尘而去。

呼啸怪叫的摩托车大大咧咧地一溜烟窜过，一个肩扛AK47步枪的年轻人猫在车窝，将公路上的行人卷进尘嚣里，化成黏稠的尘帐翻卷开来。尘雾散去行人依然在不紧不慢地行走，似乎没有惹起半点波澜。也许，他们早就对这些长枪短炮见惯不怪。

申亮亮突然察觉到，有个黑黝黝的脑袋在沙箱一角一晃而过。这些逃不过申亮亮目光如炬的眼睛，他立即架起望远镜，警惕地密切观察那沙箱拐角处。倏忽间，那脑袋消失在蒸腾的气团里，不见了踪影。

"司班长，那沙箱拐角后，好像有人隐蔽。"申亮亮指指说。

司崇昶睁大眼睛，四道目光汇聚，拐角处静悄悄的，突然冒出了偷偷张望的小脑袋，正在小心翼翼地向营区大门观察，却被望远镜给清晰地逮住。

"嘀，原来是个可爱的小朋友！"申亮亮舒了一口气，可望远镜依然在警惕地监视。不大会儿，"小不点"后露出一丛小脑袋，几个小朋友不再避讳望远镜的盯梢，调皮地从沙箱后"显露真身"，然后在沙地里一溜烟地奔跑，有两个还打上了欢快的"车轱辘"，还有一个跑掉了拖鞋，又转头将拖鞋拿在了手里。清一色的，他们都赤裸着上身。

一群欢快的"小不点"蝌蚪般地围拢在营门外的铁丝网边缘，向着中国国旗挥手欢呼："China good!"（中国好！）"China good!"（中国好！）

司崇昶回忆说："亮亮特别认真，站岗放哨警惕性也高，真是'眼观六路，耳听八方'，火眼金睛，有一点儿风吹草动也躲不过。"

当时看到这些非洲儿童，亮亮就喟叹："看看这些孩子，一副骨瘦如柴、衣不遮体的模样，我们的孩子可都是'小皇帝、小公主'了。"

在平时施工时，亮亮拿一兜奶糖步出营门。此时孩子们看到中国维和士兵前来，都欢呼雀跃地围拢过来，吃到了沁人心脾的绝佳美味，阵阵欢笑在他们中间炸响，语言不通没有阻挡感情的交流，他们都竖起了大拇指，用蹩脚的汉语说："中国！好！""中国！中国！"

善意是行走全球的通行证，友谊的种子在他们心底里生根发芽。一向喜欢孩子的申亮亮，看着在战火磨难中孩子们消瘦的脸庞和孱弱的身子骨，心里真不是滋味。当和平的曙光降临在这片美丽的土地上，也许他们会有更加幸福美好的生活，他更感到了自己肩上的重任。

3

周一，中国第四批派驻马里维和工兵分队列队整齐，迎着初升的朝阳，在大家共同的注目礼下，五星红旗在雄壮的国歌声中冉冉升起。

啊，祖国，伟大的祖国！到了此刻的西非战场，我们更加体会到祖国的日益强大、温馨和谐，在您温暖的怀抱里，我们真的体会到什么叫安宁幸福……

曾经在书本上讲述的马里，从战士们站到这片土地上的那刻起，就有了刻骨铭心、醍醐灌顶的认识。闯入眼帘的，是一个热浪翻滚的战乱国度。自然环境恶劣。本来贫瘠的土地上，加上频发的战乱，让这里更加破败不堪。

马里之前为法属殖民地。据说，境内有多支武装派别，还有IS恐怖组织分支马格里布，已发动恐怖袭击上百次，明枪暗箭的混战造成人员伤亡无数，仅联合国维和人员就牺牲130多人。

当时的联合国秘书长潘基文认为，马里是联合国所有维和任务区中武装冲突最激烈、恐怖袭击最频繁、自然环境最恶劣的任务区。在这里，平均每21个小时就会发生一起袭击事件，当地更是埃博拉病毒、艾滋病疫情高发，马里雪上加霜。

夜间，维和工兵分队例行召开"交心谈心"学习活动。分队长董荣强、政委张宝磊、副队长吕国辉，神采奕奕地坐在木板搭成的简易讲台上，看着精神焕发、斗志满满的战士们，表情刚毅温和。

155人组成的维和工兵分队，除了站岗、出任务的，申亮亮和队友们整齐列队坐在马扎上，身姿笔挺，双手并拢，神情专注，斗志昂扬。这种对纪律的严格自律，既是平时养成的结果，也是嵌入灵魂的自觉。从踏出国门的那刻起，这些在战士们身上表现得特别明显。

冷不丁蹿上天空的枪炮声，不时从远处、近处传到营区里，夜里突兀的爆炸声，随着火光唰地刺进来，微微颤抖的大地也让木板床咯咯吱吱，好在并不能打扰申亮亮和战士们的睡眠。

嗡嗡叫的黑蚊子特别多而且到处飞，不小心被叮，就是一个奇痒难忍的"红疙瘩"，可就算防备得再好，这"捣乱分子"也是无孔不入，一咬见血，只能常抹风油精贴身防护。

营区四周有无数双戒备森严的"眼睛"。固定哨和流动暗哨警戒，雪亮的探照灯，照射在营门外如同白昼，任何风吹草动、蛛丝马迹都无法逃过他们的慧眼。

装甲步战车架着高射机枪前头开路，申亮亮全副武装，自动步枪在肩上蓄势待发，硕大的白色挖掘机紧随其后，滚动的轮毂碾压着扑地的热浪。前方道路被炸弹开膛破肚，"畅通的血脉"被拦腰阻断，他们紧急出动去抢通道路。

马腾飞和申亮亮同为第四批赴马里维和工兵分队队员，同机抵达加奥营地。他回忆起这段依然历历在目："有了任务，申亮亮浑身带劲，那排除千难万险、碾碎一切困难的精神头，真是钢铁战士，让我们备受鼓舞！"

道路两边不时出现的残垣断壁"伤筋动骨"，"开膛破肚"的坍塌房屋随处可见，战火让死神到处游走。挖掘机行走也变成了小心翼翼，随处可能出现的危险如影随形，虽然申亮亮的精力集中在操纵台上，可他也随时准备好了切换模式，一旦有风吹草动，他瞬间就可以扣动扳机就地自卫！

正想着，不远处突然传来一梭子子弹的啪啪声，好个申亮亮，松油门、踩刹车，拉开车门一骨碌从操纵台一跃而下，也就在跳跃的当儿，背上的钢枪已经紧握手中，他以挖掘机为掩体密切观察枪响方向，步战车的高射机枪也立即扭过去，却又没有了任何动静。不大会儿警报解除，挖掘机重新上路。

挖掘机到达了损毁路面。步战车上的战友立即持枪疏散警卫，高射机枪也虎视眈眈。申亮亮熟练地操纵挖掘机，拂去表面的黄沙，将底层的泥土挖出来，填补到坑坑洼洼的路边，抹平压实铺上砂石，将路基铲平压实，公路重新畅通无阻。申亮亮和战友们听到阻断的汽车鸣笛致谢声，心底里洋溢着自豪。

4

黄河北岸的西南王村，2016年麦收时节，风卷起金色的丰收的麦浪。申天国、杨秋花老两口心里乐开了花。大型联合收割机轰隆隆地开过来，自家几亩地不过个把时辰输送到面粉厂，"变脸"成吃粮本的"小存折"。

今年老两口心思根本不在收麦上，他们焦急地一遍遍看着手机，儿子的信儿也该来了？难不成到了非洲，就没有信号了？又难不成任务繁忙，顾不得了？

此时，老两口对维和或马里，还只是一知半解。就认为一条，既然是部队安排的事,儿子啊你就要服从命令听指挥!

姗姗来迟的微信消息,使日思夜盼的老两口脸上现出了得知儿子平安的笑容。"爸爸,妈妈,我在这里挺好的,吃得好,住得也舒适,"儿子的报喜视频,让老两口心花怒放,"战友们亲如一家人,各方面都好,您二老就放宽心吧!"

在申天国写给儿子的信中,谆谆嘱咐赫然入目:"在部队,一定要搞好团结,尊重领导,团结战士,要吃苦在同志们的前头,享受在同志们的后头。""多出点力算什么,多受点苦又算什么。勇于上进,这可不是一句话的问题。要讲上进,得用自己的行动表现出来,成为钢铁般坚强的解放军战士。"

姐姐海霞告诉我,弟弟的微信名更换为"勇敢勇敢",他在微信中再三叮嘱:"姐姐,你看到马里的事,可以上网查,但千万别跟咱爸妈说,免得爸妈担心。"

马里的战乱没有挡住孩子们的快乐,从营区哨位远眺,是点点错落的非洲沙漠民居,低矮的圆锥形的简易泥糊草棚,如黑色的小蝌蚪,在少有绿色点缀的黄色沙漠上静默着。草棚这边,舒心爽朗的笑声时常传来,一群在沙尘里追逐嬉戏的半大孩子在从事当地人普遍喜欢的足球运动。

远望去,球被踢得飞来飞去,纵然高温热浪肆虐而来。快乐在一只撒了气的破足球上旋转,纵然有时候会被绊脚栽倒,依然挡不住他们运动的热情。

那大自然赋予的足球场,却是高低不平的野地,哪怕是一块平平整整的地块也好啊,可这个约定俗成的野外足球场,不过是孩子们的业余玩耍之地,谁会愿意去修葺它呢?

出任务归来的推土机，在申亮亮娴熟操纵下，来到凸凹起伏的足球场，巨大的铲刀在阵阵怒吼平推，松软的沙地压实后结实光滑，平整的场地横竖推一遍，安装上带去的"球网"，瞬间"变脸"出崭新的足球场，光滑平整的场地。无数非洲兄弟围拢过来，他们载歌载舞，冲着推土机和飘扬的五星红旗竖起大拇指。

马腾飞回忆说："申亮亮特别热心，只想设身处地地为当地人服务，特别喜欢非洲小孩子。那平整足球场，不过是咱的举手之劳，可正是这点滴小事，种下了一棵棵友谊的种子，当地人只要看到咱中国国旗，看到中国军人，没有不跷大拇指的。"

足球场整修好了，早就汗流浃背的申亮亮，变戏法般地从身后拿出一只滴溜儿转的足球，划过一道优美的弧线，抛入孩子们中间。犹如平地卷起一阵欢快的旋风，无数双手和飞起的身子都在空中跳跃开来，在光滑平整的场地上，冲着足球来的方向跳跃争抢。

那足球也就在无数双手上开心地跳来跳去，接着在他们脚下钻来钻去。一只小小的足球，足以让一群人的快乐在盛夏里迸发开来。

第十四章　习主席的话儿记心上

1

对党的神圣向往是在亮亮血脉里汩汩流淌的。一到部队,他就递交了入党申请书。

"尊敬的党组织,我志愿加入中国共产党……

"我是社会主义社会的普通青年,要求加入这个神圣而伟大的组织,是我梦寐以求的愿望,我看到了人生的真正价值,一个人活着不能只为了自己,更应该为国家、为社会贡献自己的一切。

"入伍后,我已经从一名普通的青年变成一名合格的军人,这都是组织上严格的教育和培养的结果,我始终努力学习政治文化,苦练军事技术,以此不断提高自身的军政素质……"

一粒金色的种子在他的心里萌芽,光辉的榜样在他眼前招手。无数的共产党员,冒着枪林弹雨,抛头颅、洒热血,敢教日月换新天,终于推翻万恶的旧社会，建立了新中国，迎来了人民当家做主的艳阳天！

"你要学习好，工作好，团结好，一切听从党的召唤。党叫干什么就干什么，服从命令听指挥。"亮亮鸿雁传书，这是父母叮嘱最多的话。

一本本小人书呼啸着驰骋战场的英雄：从小兵张嘎到小游击队员石星，从放牛娃王二小到鸡毛信海娃，从大义凛然的刘胡兰到视死如归的董存瑞，从烈火中永生的邱少云到堵枪眼的黄继光……

爷爷捋着花白胡子说："旧社会时，咱家是雇农，搭着茅草屋，没有半寸土，啃的黑窝窝，喝的'月影汤'。一年汗珠子摔八瓣，收入大多交给地主老财！"

"'穷老冤'，'穷老冤'连个地主家的狗也不如啊！共产党的军队是咱穷人的队伍，给老百姓打来了天下，咱庄稼汉终于能扬眉吐气了……"爷爷的眼角喜泪纵横。

当戴上红领巾的一刹那，熊熊的火焰在心头点燃，那是无数烈士鲜血染成的炫彩。亮亮神气地挺直腰板走着，他感到了前所未有的自豪。在班会上，小小的亮亮脱口而出：

"长大了，我要当一名解放军战士。爱祖国，爱人民，不怕困难，不怕敌人，顽强学习，坚决斗争，向着胜利勇敢前进……"他童稚而铿锵的话语，收到热烈掌声。

少年的时光在团旗下辉映，是"五月的花海""八九点钟的太阳"，时刻准备着青春出彩，在宁静的课堂里热血澎湃，他像一棵茁壮的幼苗，在党的温暖呵护和阳光雨露里，茁壮幸福地成长。

如今到了部队，递交了入党申请书，身边那么多更优秀的战友，他决心在众志成城的"大学校"，气壮山河的"大熔炉"里，把自己淬炼成一块无坚不摧的"精钢"！"甘当钢铁长城的一块砖石，捍卫祖国母亲欣欣向荣的安详。"

在理论学习会上，在书写学习心得时，在闲暇时的思考里，亮亮的肺腑心声，一行行镌刻在政治教育记录本上，烙印在他的心底里。

亮亮的记录本成为连队里的"样板"，在连队里逐个传看。看到的战士都说认识深刻、感情细腻、记录认真、有思想、有灵魂。在军事素质方面，他铁骨铮铮，一不怕苦，二不怕死，也是一面"飘扬的红旗"。

2007年10月26日，申亮亮光荣地加入中国共产党。入党宣誓时刻，申亮亮的青春在军营闪烁、放飞，他郑重地举起右手，洪亮铿锵地宣誓：

"我志愿加入中国共产党，拥护党的纲领，遵守党的章程，履行党员义务，执行党的决定，严守党的纪律，保守党的秘密，对党忠诚，积极工作，为共产主义奋斗终身，随时准备为党和人民牺牲一切，永不叛党。宣誓人：申亮亮！"

从此，申亮亮在绿色的军营里，在鲜艳的党旗、军旗下，向着强军目标，下定决心，不怕牺牲，排除万难，去争取胜利！

2

"习主席说'强军梦'，那不就是我的梦吗？"申亮亮的心得体会，从心扉倾泻在笔记本里。

"党在新时代的强军目标是建设一支听党指挥、能打胜仗、作风优良的人民军队，把人民军队建设成为世界一流军队。"

"中国梦·强军梦·我的梦"大讨论正在如火如荼进行，如何让梦想照进现实，是申亮亮咬笔凝思的问题。无限往事回溯而来，明媚的阳光照耀在往昔时光里，他感到自己作为农村孩子，如今能够走进梦想中的军旅，心中充满了感恩之情。

连指导员给他布置了一道特殊的政治任务，就是结合学习"中国梦·强军梦·我的梦"的体会，做一次主题发言。亮亮本来想推辞，可看到目光坚定的连指导员根本不是跟他商量，而是布置任务时，他一口答应了。

连指导员只有一个要求："要讲真情实感。发自内心，只有真实的东西才能打动人心；结合自己的经历，只有肺腑的心声才最有感染力。"

"我就怕……我讲不好，指导员，你知道，一到这台面上，我的嘴可笨，甚至能磕巴……"

连指导员斩钉截铁地说："亮亮，军人连血火战场都如履平地，还怕这小小的敞开心扉吗？我相信你！不再是黄河边那个毛头小伙，而是一名合格的新时代革命军人。"

亮亮立正敬礼："是！保证完成任务。"

最纯朴真诚的心扉让亮亮很快拟定出了发言题目："农村孩子有今天，党的恩情永不忘"。自己就是个农家娃，能穿上让人羡慕的国防绿，这都因为党的领导和指引。从旧社会到建立新中国，从艰苦贫穷一步步走向瑰丽多彩的"中国梦"。

掌声响起来的时候，申亮亮雄姿英发地走上讲台，他感到真挚的感情在心底流淌，变成铿锵有力的语言，响彻每一个战友的耳畔。

"我们村是黄河边的一个普通小村落，多灾多难。我们村史上记载，历史上常常遭水、旱、蝗、疫大灾，田野荒芜，人烟断绝。

"在旧社会，有一年蝗虫成灾，庄稼全被吃光，村民逃离、死亡者十之八九，村内所剩不足百人。又一年大旱，树皮草根剥刨几近，村民饿死、逃亡者十有六七。

"现在我们村里家家通上了水泥路，院里院外红花绿叶扶疏。建成了综合便民中心，孩子在儿童之家游戏唱歌，老人在幸福院颐养天年，各类大事小情都可以上门服务。

"看家家户户，已经齐整整盖起了二层、三层小洋楼，独栋别墅，花园洋房，屋里室外，焕然一新。我儿时玩耍的蚰蜒河，现在也建成了沿河公园，芦花飘飞，生态优美。

"看田里山药成片，果树缀满，苗木茁壮，村民种地实现了机械化，再也不用'面朝黄土背朝天'，订单种植让销路走上互联网，精细加工让产品供不应求。

"我们村里的年轻人都在经济大潮中，实现了自己的梦想。他们有的怀揣技术在城市里打拼；有的扎根乡野在广阔天地里徜徉；'天高任鸟飞、海阔凭鱼跳'的时代，我看到了处处存在的幸福，听到了爽朗的笑声，翻天覆地的变化……

"我作为一个农村孩子，作为一个新时代的军人，我深刻地体会到，应该感恩我们伟大的祖国、伟大的党。我们为什么要牢记党恩，那是我们回望旧社会，生在新中国，我们更能体会到，要坚定不移跟党走，就能在中华民族伟大复兴的征程中建功立业，让理想熠熠闪烁。

"回望旧社会：野菜糟糠是主粮，破衣烂衫寒难挡。百姓流离炊烟断，兵祸匪乱人心慌。

"建立新中国：春雷一声震天响，来了亲人共产党。又分田来又分粮，平民百姓把家当。

"走进改革开放：改革春风抚大地，富民政策暖人心。发家致富干劲足，农民走上富裕路。

"迎来新时代：党建引领铸辉煌，精准扶贫谱华章。不忘初心跟党走，美丽乡村绘宏图。"

一次真情流露的演讲，一次纯朴真挚的发言，没有强大军队哪有国家安宁，没有国哪有家。掌声响起来，慷慨激昂的"强军梦"，在每个人心头照彻。

3

踏上新征程，起航新梦想，
统帅的号令指引前进的方向。
战歌多嘹亮，战靴多铿锵，
有一腔热血燃烧，燃烧在胸膛，
做习主席的好战士，强军先锋我来当！
瞄准未来新战场，亮剑打胜仗……

铿锵有力的《做习主席的好战士》飘扬在军营内外，申亮亮和战友们唱出了磅礴伟力，连绿树清风也跟着应和。

"听习主席的话，就要读习主席的书。"

这是亮亮在笔记中的肺腑之言。亮亮爱读书，特别爱读习主席的书，可谓手不释卷，书上密密麻麻地记录了心得体会。

一有空闲，亮亮就从背包里掏出《之江新语》。品读着一行行文字，他渐渐感觉到了书香扑鼻，头脑、灵魂清亮透彻起来。

这本书写得真好啊，读一遍有一遍收获。习总书记在书中引用《论语》中"博学而笃志，切问而近思""学而不思则罔，思而不学则殆"，要求党员干部加强自律；引用《礼记》中"莫见乎隐，莫显乎微，故君子慎其独也"，提倡坚守做人的操守和从政的道德；引用《大学》中"静而后能安，安而后能虑，虑而后能得"，明确了做人做事的正确原则……

《习近平谈治国理政》犹如一盏明灯，照耀着亮亮砥砺奋进的前行路。从书中他欣喜地领悟了人民领袖关于"中国道路""中国奇迹""中国模式"的阐述，更明了"中国梦"的本质：中国梦是国家富强、民族振兴、人民幸福；中国梦归根到底是人民的梦；中国梦同世界各国人民追求幸福生活的梦想相通，不仅造福中国人民安居乐业，而且造福各国人民命运共享。

"牢记强军目标、献身强军实践"，亮亮最喜欢读《习近平关于国防和军队建设重要论述选编》（一、二、三），《习主席国防和军队建设重要论述读本》。他一字一句地阅读，深刻理解了习主席国防和军队建设重要论述。

"中国梦对军队来讲也是强军梦，努力建设一支听党指挥、能打胜仗、作风优良的人民军队，听党指挥是我军的军魂和命根子，政治工作永远是我军的生命线，军队要能打仗、打胜仗，建设保障打赢现代化战争、服务部队现代化建设、向信息化转型的后勤，现代高新技术武器装备是维护国家安全的利器……"

"深化国防和军队改革是回避不了的一场大考，从严治军是建设强大军队的铁律，实现强军目标的基础在基层、活力在基层，作风问题是关系军队生死存亡的问题，军队党的建设是军队全部工作的关键……"

"弄懂一个理论观点就像爬大山，只有翻山越岭才能见到习主席。"

这是我在亮亮本子上，看到的力透纸背、大笔如椽的笔记。

读习主席的书，亮亮感到就好像习主席在跟自己亲切地娓娓道来，慈祥微笑，谆谆嘱咐。

读《习近平关于培养"四有"新一代革命军人重要论述摘编》，懂得只有把"四有"的标准立起来，把自己的差距查清楚，把践行的途径理顺畅，才能做到深刻领会、高度认同、自觉践行。人人是主角，个个要践行，强化科学理论武装、强化强军实践磨砺、强化本职岗位践行、强化使命任务锤炼。习主席关于培养"四有"新一代革命军人的重大决策部署，为培养堪当强军重任的革命军人提供了根本遵循。

亮亮感到，要始终以习主席思想为统领，牢记习主席的教诲，绷紧打仗这根弦，战则必胜，碾碎一切敌人；时刻牢记备战打仗，能战方能止战。战争离我们并不遥远，军人就要始终眼里有硝烟，时刻准备打仗！

《习主席关于实战化军事训练重要论述摘编》中指出"把战斗力标准作为军队建设唯一的根本的标准"，体现了习主席治军的务实态度。

习主席的书籍照亮了亮亮的"强军梦"。他深刻感到，军不思战，国必生危。一个政治不坚定的战士，注定当不了一个好兵。听习主席的话，就是要读原著、学原文、悟原理。

4

2019年金秋时节，在31692部队，我见到了高大魁梧而又文质彬彬的营教导员尹航，作为亮亮曾经的指导员，他与亮亮有着深厚的战友情谊：

"亮亮是连队的好骨干，更是我的好兄弟。平时在连队他就表现突出、素质过硬、关心战友、以连为家。在海外执行任务的关键时刻，他能挺身而出、掩护战友、不怕牺牲。国家授予他'人民英雄'荣誉称号，是对他的牺牲奉献最大的褒奖。"

一次，申亮亮找到连指导员尹航坦诚地说："尹指导员，我想给你提个建议。能不能把讲台留一半给战士，现身说法讲讲、说说身边的变化，听听每个战士的'强军梦'，是不是会更事半功倍呢？"

尹航告诉我，当时听到申亮亮这么说，他感到眼前一亮，欣慰地说："战士上讲台，连队年年都提倡，但是很多同志怕讲不好，特别是上台讲党的创新理论，难度更大。亮亮你想试试？那我全力支持。"

尹航开展思想教育，喜欢用接地气的兵言兵语讲理论、说道理，他和亮亮一起研究教案，用亮亮身边的例子，诠释"四有"革命军人的使命要求。栩栩如生的故事，成为可触摸又喜闻乐见的鲜活教材，和战士们形成"同频共振"。理论学习驱走了枯燥干瘪的说教，唤来盎然生机、欢快活泼。

申亮亮头一个走上讲台，将习主席强军思想的深刻体会和生动实践，与朝夕相处的亲爱的战友们分享。一个战士只有融进集体里，才能拥有磅礴无穷的力量。"一根筷子常常被折断，十双筷子牢牢抱成团；一棵小树弱不禁风雨，百里森林并肩耐岁寒。"

哗啦啦，掌声如出膛的子弹，笑意宛如十里春风拂面。平时大大咧咧、敢打硬拼的军营钢铁汉，站在台上不免有点面红耳赤，好在战友们真诚的掌声，让亮亮立即扫除了羞赧和胆怯，那就实话说些肺腑之言吧。

"如何做个新时代'四有'革命军人？就要从小事做起，从每一天做起。你要真有一股子自我锻造涅槃的狠劲。可不是喊两句口号、凭一腔热血就能成功的，我们就要在部队'大学校'里脱胎换骨，在'大熔炉'里千锤百炼，才能将一块粗粝顽石，练成'拖不垮、打不烂'的钢筋铁骨。

"如何做个新时代'四有'革命军人？就要坚决跟党走、听党的话，服从命令听指挥。时刻把习主席的话儿记心上，有'铁一般信仰、铁一般信念、铁一般纪律、铁一般担当'，坚决听从党的召唤，党叫干啥就干啥。党不让干的，坚决摒弃！

"如何做个新时代'四有'革命军人？一不怕死，视死如归；二不怕苦，苦中作乐。我们每个战士都要有敢打必胜的决心，扭住备战打仗这个关键，不断地锻造自己，到了战场就是一群下山猛虎，'招之即来、来之能战、战之必胜'！碾压一切铁面獠牙的敌人。把每一项任务当作磨砺意志、激发血性的实践平台，敢打头阵，冲一线，在平时的训练过程中，掉皮掉肉也不能畏惧艰难，要有大无畏的精神，做习主席的好战士！"

……

指导员尹航带头鼓掌，战士们高声欢呼，纷纷鼓励赞许：

"这小教员，讲得不错。搬石头上山——实打实。竹筒里倒豆子——直来直去。实话最感人。"

"好好好，申亮亮讲起来，提纲挈领，一套一套的，听着心里暖乎乎的，提气！"

申亮亮似乎谈兴正浓，他没有矫揉造作的修饰，而是和同志们拉呱侃大山一样，团结紧张和严肃活泼达到了完美统一，掌声雷动，栩栩如生，欢声笑语里哲思点点，理论学习变得"有血有肉"。

战士们都喜欢身边的"小教员"，于是尹航因势利导，让大家轮流做"小教员"。每个人都结合自己的亲身经历，讲身边人的变化、讲自己的变化、讲家乡的变化，贴近生活的学习变得热情高涨。

不过，有的一上讲台就嘴打嗑，有的说来说去不知所云，大家公推"申亮亮式"的讲解，一次次将他推上台去，欢声笑语交织，故事与趣味结合，理论学习"营养"丰富，宛如思想的饕餮盛宴，让每个人获益匪浅。

第十五章　马里夜空那颗最闪耀的星

1

明天就是"六一"儿童节了，申亮亮和战友们都非常高兴。这些从万里之遥而来的书包、足球、文具，簇新的大熊猫张望着憨厚纯朴的眼神，倩倩翠竹摇曳着清秀的身影，早就待在仓库里落寞孤寂，期待着成为非洲小朋友的"亲密伙伴"。

"非洲小朋友就算不喜欢这书包，也一定喜欢咱们的国宝大熊猫。看这享誉世界的神龙大侠，多可爱！"申亮亮喜悦满怀。

"我看他们当地小孩上学，别说书包了，连个破布袋子也没有，你看这战乱之地，哪里能放下书桌呀！"司崇昶感慨痛惜。

"但愿来自咱中国的国宝熊猫，能给战火里的孩子多一丝安慰；看看咱们国内的小朋友，牛奶喝着，火腿肠吃着，那真是天堂了！"马腾飞神采飞扬。

申亮亮同战友们七嘴八舌地感叹着。

马里当地时间5月30日，眼看着夜幕渐渐降下来，卞龙走过来。申亮亮跟卞龙素来要好，双手搭住他的肩头说："排长，你看我的头发有点长了，想请你这'美发大师'给我整整，弄精神点。"

卞龙仔细地看看亮亮的头发，笑道："小亮啊，你这头发还不算太长。等会儿开交心会，我得准备点材料。明儿吧，我给你亮亮我的拿手绝活。"

司崇昶笑道："'卡龙'是首长，我给你理吧。我开推土机在行，弄您这几根头发，还不像割草一样。"

马腾飞笑了说："就是割草也是个技术活。这样吧，中队长，你该忙忙，这理发的事儿，还是我来吧！"

电推子嗡嗡一响，梳子随着马腾飞神情专注的眼神，在亮亮的发梢间细窥。马腾飞理发真顺溜，深得龙哥真传！随着细碎的头发纷纷掉落，亮亮看着镜子里的自己，赞叹道："看看，咱就是属于中国军营血脉的，联合国维和部队铁打的汉！"

头发焕然一新，人也显得精神十足。亮亮高兴地说："妈妈给我带的河南烩面，没顾得吃。今儿个就用这馥郁的家乡味道，请你客！"

马腾飞笑道："说到我心坎里去了。我常吃山西刀削面，就没吃过正宗的河南烩面，给我来一碗！"

申亮亮哈哈大笑道："对，对，来一碗！那才得劲儿！"

香喷喷的河南烩面，勾引着申亮亮和战友们的胃，大家边吃边赞："这面够筋道！吃着不赖！"

申亮亮笑道："我妈妈做的烩面，给个金山银山都不换。这烩面浸着黄河的灵气呢。首先你这面要好，用优质高筋白面粉，兑以适量盐碱温开水和成比饺子面还软的面团，反复揉搓，使其筋韧，放置一段时间，再扯成两指宽、20厘米长的面片，外边抹上植物油，一片片码好，吃的时候用双手抻成宽宽的长条。

"其次呢，这汤更要美，汤用上等嫩羊肉、羊骨（劈开，露出中间的骨髓）一起煮五个小时以上，先用猛火烧滚，再用小火煲汤，下七八味滋补佐料，以把骨头油熬出来为佳，煲出来的汤白白亮亮，犹如牛乳一样，称作白汤。辅料以海带丝、豆皮丝、粉条、香菜、鹌鹑蛋、海参、鱿鱼等，上桌时再外带小葱花、香菜沫、辣椒油、糖醋蒜等。"

大家都赞叹说："好家伙，这中原老家食文化如此考究啊。回国后，你得带我们撮一顿！"

夜幕笼罩下溽热却丝毫没有减退，四周一片漆黑。申亮亮和司崇昶全副武装，哗啦啦检查枪支，申亮亮同样持九五自动步枪，而司崇昶怀里抱的，还是那挺轻机枪。8点20分，两人到2号哨位换岗，雄赳赳地迈着整齐铿锵的步伐，镇定自若地来到哨位上。

申亮亮的眼光随着探照灯望去，N8公路上偶尔有灯柱驶过，远远地还能听到零星枪响。加奥市区一片漆黑，陷入了诡异的沉寂，倒是漫天的繁星点点幽深。黑夜如魔鬼般扭紧了这块多灾的土地。

司崇昶回忆，当时申亮亮深有感触地说："我在站岗时，隔着茫茫暗夜，祖国的万家灯火、霓虹璀璨也会在眼前闪烁，真是幸福无边。如今国泰民安，繁荣昌盛，咱再苦再累，这一切都是值得的。只有国家强大了，人民才有幸福。美好的生活和一个强大的国家、一支强大的军队是多重要。"

司崇昶若有所思说："是啊，生活在中国太幸福了。"

两人如铁塔般并排站着，目光仔细扫描。突然，黑暗中的一辆诡异的车辆闯进了二人的视线，申亮亮立即嗅到了一丝不安的讯息，对副哨司崇昶短促地低吼："有可疑车辆！"

两人握紧了手中的钢枪，高度警觉，虎视眈眈地窥视着皮卡车的动向。

2

突如其来的危险，短短 37 秒！生死抉择之间，申亮亮干脆果断、坚定执着，挽救了战友，挽救了营区！

三辆诡异的皮卡车，沿着 N8 公路向村子驶去。很快，一辆皮卡车掉头回来，停在 N8 公路边 200 米外的土房子跟前，黑暗里两柱车灯昏暗狡黠，立即就被申亮亮如炬目光敏锐锁定。漆黑的夜幕，雪亮的探照灯，警惕的眼神，全神贯注的注视。两人沉着冷静，黑洞洞的枪口，迅即进入战备状态。

按照联合国维和章程，可疑人员没有发生恐怖袭击，不宜作为恐怖分子对待，而恐怖袭击者往往将自己装饰成政府车辆或群众装束，鱼目混珠。N8 公路上车来车往，这鬼鬼祟祟的可疑车辆探头探脑，似乎心怀鬼胎，它到底要干什么？此刻，唯一的处置方法，就是高度警惕，静观其变！

此时，正是马里时间夜晚 8 点 50 分，也就一眨眼的工夫，停驻的皮卡车借着漆黑暗夜的掩护，毫无征兆地突然加速，米黄色皮卡如一头疯狂的公牛，朝我维和营地大门直接冲撞而来！恐怖袭击一触即发！

千钧一发之际，申亮亮立即镇定地对司崇昶大喊："有情况！打！"

与此同时，申亮亮急促地向作战值班室报告："值班室，值班室，有车辆冲击营区！"

枪口早就对准皮卡车的司崇昶，顿时抱紧了轻机枪，瞬间扣动扳机，正义的火舌立即嗒嗒嗒作响，愤怒的子弹准确地倾泻在皮卡车的驾驶位置，恐怖分子驾驶位被密集的子弹阵吞没！

皮卡车头迅即迸溅起火花，那是子弹打碎前车玻璃的猛击。顿时，失去控制的皮卡车，在空中失魂落魄地翻了个身子，狼狈地来个倒栽葱，跌倒在营门外的防撞沙箱内，四仰八叉，剧烈钝响着，坠翻在地，散落成一堆瘫软的骨架。燃起的熊熊烈火噼里啪啦作响，浓烈的硝烟阵阵袭来。

申亮亮看到倒栽燃烧的皮卡车，毫不犹豫地将司崇昶推出门外："快撤，快撤，恐怖袭击！"

司崇昶转身进门，大喊："咱俩一块儿撤！"

申亮亮果断再次将司崇昶推出门外，斩钉截铁怒吼："我是主哨！最后一道岗不能撤！"亮亮"啪"地再次将司崇昶推出门外。

申亮亮有足够的时间选择撤退或隐蔽，但他依然在坚守战位，他紧握钢枪，密切观察着倾翻皮卡的一举一动，残破车体烈火熊熊燃烧，不可预知的危险扑面而来。

在采访中，司崇昶告诉我："这一刻，亮亮明明知道危险，也明知是自杀式汽车炸弹，他义无反顾地坚守着战位。155号人的生命都在他身上呢。汽车倾覆起火后，有没有更大的埋伏或突袭？恐怖分子是不是已经死亡？会不会从车里爬出来引爆炸药？他已经完全将生死置之度外！他本来可以选择撤退或隐蔽，但他选择了坚守阵地！"

对讲机里的急促呼叫，让正在大队"交心"会上专心学习的战友们，立即闪电般各就各位，进入紧急战备状态。卞龙带着快反班，带头如旋风般冲了出来。

剧烈爆炸声惊天动地，大地也跟着剧烈晃动。600公斤TNT当量，在烈火中轰然腾空，冲天的火球在滚滚浓烟中炸裂，临近的几十吨的压路机顿时支离破碎，巨大轮毂被冲击波抛出百十米。申亮亮所在的2号哨位，虽然在火光中坍塌，可刚毅的骨架，依然坚固地阻挡住冲向营区的冲击波，正在学习的战友们得救了！

一次有险恶用心的自杀式汽车炸弹袭击，被申亮亮成功地阻止在营门外！

幸亏申亮亮发现及时！幸亏申亮亮处置得当！如果稍有疏忽，诡异的汽车炸弹冲进营区，就会造成不可估量的人员伤亡和财产损失！

巨大的爆炸携带着强力冲击波，灼热的气浪将战友们掀翻在地，沙箱后的营区门窗、玻璃顿时支离破碎。紧急时刻，被气浪掀翻的战友们倔强地爬起来，就听到第四批维和工兵分队队长董荣强一声大吼：

"所有人员，听我指挥！各就各位，注意隐蔽。搜寻两个岗哨；快反班前出警戒，救护组检查伤员情况，跟进救护！"

所有的战友迎着扑面而来的滚滚硝烟，顽强勇敢地奔赴自己的战位，硝烟尚未消散，人心顿时凝聚。一边高度戒备，随着黑夜可能发生的恐怖袭击；一边与死神争分夺秒地赛跑，紧急搜寻抢救自己的战友……

3

"亮亮！亮亮！"

"崇昶！崇昶！"

最严密的警戒网立即拉开。自杀式汽车炸弹袭击后，外面是漆黑无边的暗夜和几乎陌生的环境，没有人性的恐怖分子，连年血腥杀戮的土地。指挥员临危不乱，周密布防，危机防控预案立即实施！

2号哨位此时虽然已经坍塌，可正是它中流砥柱般地顽强阻击，才让汽车炸弹在防撞墙前倾翻，罪恶的皮卡粉身碎骨，防护沙箱外的爆炸，将更大的危险阻挡在了墙外，保护了全体战友的安全，却让2号哨位化为齑粉，我们的战友申亮亮和司崇昶呢？

战友们深情的呼唤穿透阵阵灼热的硝烟，回响在破碎营区的各个角落。大家的眼光在手电筒雪亮的光柱里寻寻觅觅。他们此时祈愿的是，亲爱的好战友，你们一定会平安无事！

最先跑出来的立体中队长卞龙，带领快反班闪电般冲出来。此时距离沙箱爆炸中心不过数十米，爆炸气浪从防撞沙箱外袭来，将他瞬间掀翻，被散型冲击波推出六七米，顿时昏迷过去。

卞龙支撑着颤抖的大地，硝烟弥漫，他什么也看不见，拼尽全身力气，想站起来，浑身说不出来地疼痛，腿脚却怎么也不听使唤，看着战友们都张大嘴巴，他却怎么也听不到声音了！气浪导致他双侧耳膜穿孔，暂时失去了听力。他从混沌中稍微清醒过来，凭借顽强的意志，摇摇晃晃地站起来，立即投入搜救战友的行动中。

第十五章　马里夜空那颗最闪耀的星

给水中队立即开始灭火，水柱打进烈烈火焰里，冒起了丝丝白烟，滚滚黑烟和蒸腾白烟纠缠不休；所有的灭火器一起发力，火焰开始摇头晃脑；更多的战士铲起沙子掩埋，扬起一排飞起的沙尘。嚣张的火焰渐渐偃旗息鼓。

在此起彼伏的呼唤声里，战士们听到了几十米外的装载机旁，有了一点轻微的异响。恢复了一点听力的卞龙和战友们冲过去，在手电筒的聚焦光芒里，他们看到了卧在血泊里的司崇昶！有微弱的气息。他还活着！

卞龙立即将血肉模糊的司崇昶抱在怀里，含泪疾呼："司崇昶！司崇昶！"

救护组立即上来检查伤情，司崇昶意识模糊，只有微弱的呼吸证明着还有生命体征，口、鼻、耳都在流血，左耳几乎被整个炸掉，仅仅连了一点皮；头部、腿部受伤严重，俨然一个"血人"。

营地不具备医疗条件，必须立即送联合国上级体系医院手术治疗！战友们将司崇昶抱在怀里，不停呼唤他的名字，此刻最担心的，是怕他睡过去！这样严重的伤，一旦睡过去，恐怕就难以醒来！

虽然暗夜里外面情况不明，危险并未解除。分队首长立即决定，抢救战友要紧，派出全副武装的装甲运兵车，并与联合国体系医院联系，与死神争分夺秒地赛跑，连夜运送司崇昶到医院救治。

送走了重伤的司崇昶，主哨申亮亮在哪儿？

大家所有目光都集中搜寻，坍塌的2号哨位成为重中之重。亮亮将战友推离、报告险情后，他会坚守战位，那么爆炸的瞬间，战位已经化为废墟，可我们的好兄弟、我们的英雄申亮亮呢？他能完成奇迹脱险吗？

很快，亮亮被找到了，炸塌的废墟，遮住了英雄，他化成了马里那颗最亮的星辰，闪烁在战友们滚烫的泪花里。

"亮亮！好兄弟！！""亮亮！好兄弟！！"

军营男子汉撕心裂肺的哭声，涕泗滂沱的泪水，痛楚流血的伤心。亮亮啊，我最亲爱的战友，你为了大家的安全，粉身碎骨浑不怕，化身英魂照月明，你是我们心目中最崇敬的英雄！

战友们开始徒手挖掘，一点点清理堆积的岗哨废墟，热浪翻滚让每一捧沙子都滚烫，可是战友们全然不顾，他们的手烫伤了、挖烂了，鲜血斑斑滴落，泪流不息，落在沙石里。

黎明驱散了无边的黑暗，战友们将英雄的遗体清理出来，此刻的他，钢枪依然抱在怀中，只剩下烧焦的黑黝黝的枪管，他却坚毅地保持着昂然握枪的姿势。

大家含泪将遗体小心翼翼地轻放在担架上，覆盖上鲜艳的五星红旗。举行了庄严而神圣的追悼仪式，战友们列队脱帽，向英雄默哀！

而尚未得到确切消息的家人，此刻却彻夜未眠，他们的牵挂和不安拴系着遥远的马里，焦灼地在微信中给亮亮留言：

在不？

在不在，亮？

在的话，回个信息？

却再也没有了回声⋯⋯

第十五章　马里夜空那颗最闪耀的星 | 167

4

维和勇士申亮亮牺牲的消息传来，山河落泪。

6月7日，申亮亮遗体灵柩抵达马里首都巴马科，联合国驻马里维护稳定特派团，为申亮亮举行隆重的悼念仪式。

联合国驻马里维护稳定特派团司令洛斯加德将军，对英勇的中国维和士兵申亮亮给予了高度评价，他在致辞中说："这么大当量的炸弹，在历次恐怖袭击中是少有的，中国军人的处置是果断正确的，这么少的伤亡也是少有的，就是在马里号称最强大的法军也无法做到。"

中国驻马里大使馆陆慧英也沉痛地说："申亮亮随第四批中国赴马里维和部队抵达加奥仅11天，即遭遇恐怖袭击不幸遇难，噩耗传来，作为一名母亲，悲痛之情难以言表。

"申亮亮为维护马里和平与安全献出了宝贵生命，是优秀的军人，合格的蓝盔战士。恐怖行径不会阻挡中国维护世界和平的决心与脚步，中国将继续为维护世界和平做出不懈努力。马里稳定团和马里政府采取一切必要措施，坚决维护中国维和人员的安全。"

6月9日，饱含着习主席的关怀和祖国人民的牵挂，中央军委特别工作组乘专机抵达马里。这份特别的行程，跨越万里之遥，飞越大半个地球，专程接英雄申亮亮回家。亮亮啊，你为了世界和平化成一缕英魂，坚守的维和官兵会时刻感谢你，祖国和人民永远铭记你！

这次针对联合国维和人员的自杀式汽车炸弹袭击，引起了马里政府和人民的强烈愤慨，受到国际社会的一致谴责！他们痛心疾首的是，中国维和人员很多为工程兵,他们带着大型机械,为的是援建基础设施、民生工程项目,几乎所有的恐怖分支也都认可中国的贡献。

到底为哪支恐怖组织所为?意欲何为?

采访中,我一直想找到确切的答案。司崇昶告诉我,针对联合国维和人员的恐怖袭击时常发生;恐怖分子稍有不满,就用冷枪暗炮甚至汽车炸弹,形成了战乱不休的恶性循环,甚至连联合国维和人员也成为他们的袭击目标。凡此种种,我们的维和勇士来到了这片战乱不休、烽火相连的土地,义无反顾地履行和平使命,本身就是付出和牺牲!

一个伟大的国际维和战士,他的机智勇敢,他的刚毅执着,用生命和鲜血的代价,诠释了中国军人铁一般的信仰、铁一般的信念、铁一般的纪律、铁一般担当的过硬素质,让世界认识了中国军队威武之师、文明之师、和平之师的光辉形象。

一次视死如归的坚守,一个舍生忘死的英雄,申亮亮模范地践行着习主席新时代"四有"革命军人的教导,为了世界和平赴汤蹈火,关键时刻,临危不乱,挽救了上百名战友的生命。

他大义凛然、舍己救人!他甘洒热血、坚守战位,死不旋踵!让人唏嘘落泪,让人钦佩敬仰!

第十六章　喊一声爸妈肝肠寸断

1

2019年，烈士纪念日，秋雨淅沥，雁阵惊寒。

我怀着敬仰而悲痛的心情，跨过滔滔奔流、波澜壮阔的黄河，走进庄严肃穆的温县烈士陵园，去看望长眠在此的维和忠魂申亮亮烈士。

苍松垂泪护赤子，秋菊芬芳佑英魂。我手捧洁白的花束，缓缓地迈着沉重的步伐，跟随川流不息的祭奠人群，来到了亮亮墓碑前。眼前仿佛出现他英姿飒爽身穿军装，迈着矫健的步伐，高大魁梧的身材，一脸纯朴憨厚的笑容，给我敬了一个标准的军礼。我的眼泪汩汩涌流。

凉风飒飒，卷过黄河的呜咽和松江的泪水，烈士墓碑前，堆满了洁白的花朵，馥郁芬芳的清香氤氲弥漫，安静的烈士在花丛中凝视。他的笑容，那样的刚毅苍劲、坦然自若，简短的墓志铭，撞人泪目。

英雄长眠桑梓地，泪飞顿作倾盆雨。我躬身向申亮亮烈士三鞠躬，亮亮烈士啊，你未竟的维和事业，危险重重的维和战场，战友们前仆后继、威武雄壮地冲了上去。他们跟你一样,何惧牺牲,只有和平;何惧艰险,只求奉献。和平使命重任在肩,"人类命运共同体"任重道远,而中国从未缺席。

门外闪动着一双蹒跚的身影,那是来看儿子的烈士父母。他们按温县的民间乡俗,提着一拎篮儿子素来喜吃的美味,来与儿子团聚。

我看到烈士父母脸上堆满的皱纹,如枯树的褶皱般沧桑,泪水化为埋在心里的思念,料得年年肠断处,每到儿子长眠地。我更看到他们脸上泪花飞落,白发人送黑发人的苦楚,在破碎的心底蠕动爬过,又有谁能体会?

一碗红烧肉,一盒绿豆丸子,一盘素烧茄子,一碗豆芽烩面,一盘凉拌藕片,一盒油炸小酥……我看到了中原民间最淳朴的传统而隆重的祭祀。割舍不断的亲情,心心系念的骨肉。

伤心的父母,隆重的祭奠,骨肉分离的亲情,母亲抱住墓碑,悲痛从积压的心底汩汩流淌,向长眠的儿子声声倾诉。亲人会在这里等我,儿子会在梦里相聚。

申天国边擦拭墓碑,边不紧不慢地跟儿子说悄悄话:

"亮亮啊,你安息吧!你走后,党和政府无微不至地关心着我们,部队关怀备至地照顾着我们,那么多的好心人体贴牵挂着我们,吃不愁穿不愁,日子是芝麻开花——节节高了,你妈和我,就是种庄稼的老农民,得到这么多的温暖,还有什么不知足的呢?

"你老说让我去部队看看,可地里庄稼不等人,哪有空隙啊。前年,我和你妈到了部队,看到那么多你的战友们,同样的笑容,同样的脸膛,他们都像我的好儿子一样,我和你妈甭提有多高兴了!"

杨秋花也跟儿子悄悄唠嗑,无数次梦里都会相聚的温馨瞬间上演。

"你哥现在也不外出打工了,你哥说了,外面的钱挣不完,可父母是一年年地老了。他守着我们过着团聚温馨的小日子,一家人和和美美的。你的小侄子、侄女,天天在我面前蹦蹦跳跳的,笑声比银铃都脆,这比啥都好啊……

"现如今,咱村里水泥路通到家门口,红的花,绿的草,美如画,真是社会主义新农村的光景了。看看咱家新楼房,宽敞明亮,永远都留着你的一间,你就安心地住下吧!这个家真的离不开你啊……"

2

2018年,清明节前夕,温县烈士陵园外,走来了四名排列整齐、器宇轩昂的军人,他们是申亮亮的战友,31692部队卞龙、司崇昶、丁福建、刘玉国,来温县看望昔日维和战场上的生死兄弟、过命战友。

随同而来的,是央视7套的摄制组。时届清明,军事纪实栏目准备推出《怀念战友——维和英烈祭》,得知卞龙他们要来温县祭奠烈士,摄制组也跟随而来。

时隔两年后,四人再一次见到了捍卫忠诚与和平的好战友申亮亮,却已然阴阳两相隔。鲜血凝成的情谊历久弥厚,四个刚强的男子汉潸然泪下:"亮亮,好兄弟,又见到你了!真的好想你!"

司崇昶泪如泉涌:"我鼓起很大的勇气来看你……就怕看到你会伤心!不想让你看到我抹鼻子掉泪。你的一等军功章,我给你带来了,等会儿交给咱爸妈。"

向烈士敬礼告别,悲痛里,是军人的忠诚血性和无悔担当。

大家相互提醒,等会儿见到爸妈,一定要控制情绪,不要哭,切莫掉泪，爸妈年纪大了，够难过了！我们再掉泪，岂不是又要戳老人家心里的伤痛？

沿着平坦新修的村内水泥路，路边火红的石榴一树花开，像一颗颗闪烁的红星，映照着同志们的脸庞。申天国、杨秋花早早等在村头，淡淡笑颜里黯然神伤。四人看到老人家蹒跚地迎接过来，立正敬礼，齐声问候："爸，我们回来了！""妈，我们回来了！"

爸妈紧紧地抱住儿子们，控制不住地泪如泉涌，打湿了整洁的军装。申天国抱住他们说："孩子们，你们受罪了，咱回家！你们都是党的好儿子。哎呀，看见你们，我好像看见了亮亮，我很想抱抱你们。"

老人特意扶住司崇昶关切地问："孩子啊，伤都好了吧？可要注意休养。"

卞龙赞叹道："这家伙重伤都不愿下火线，比压路机都硬。无论联合国的或咱首长去看他，都是笑眯眯的，哼都不带哼一声的。可我一去，立即抱住我恳求说：'哥呀，给我揉揉腿吧，真疼呀！'"

申天国告诉我："你看他们都穿着亮亮一样的军装，都是这般英俊模样，从后背看，你能认出哪个是你的儿子？只要看见穿绿军装的，我就想起了儿子，这心里就如刀割一般！"

卞龙却带来一个心愿，给申爸爸理一次发。这位吉林好人获得者，有着东北人特有的豪爽大气，被战友们亲切尊称为"龙哥"。作为亮亮的老排长，卞龙跟亮亮始终亲如手足。本来亮亮牺牲前，想让龙哥为自己理一次发。卞龙因为准备勘察方案没能实现，没想到这一推就成了永远，也让卞龙愧疚心痛。

今儿个，到了卞龙了却自己心愿的时刻。他要给申爸爸理一次发，弥补自己的缺憾。清凌凌的黄河水洗濯着申爸爸的花白头发，电推子

第十六章　喊一声爸妈肝肠寸断

将头顶的乱发清除，发型在卞龙娴熟的技艺里显现，老人脸上的皱纹舒展开来。伤痛总会远去，生活还要继续，相聚的温馨也充满农家小院。这些温馨的画面被央视镜头记录下来，成为荧屏上感动满满的回忆。

此时老人不知道的是，儿子们心里都揣着一个秘密，精心策划的谜底，暂时却不能揭开。

很快，温县忙碌的菜市场菜摊前出现了四个刚毅板挺的军人，他们精心挑选着所需食材，只挑蔬菜品质却从不讲价；而菜贩们见到这么英俊爽朗的军人，也乐意按照成本价供应，那崇敬是镶嵌在骨子里的。

挑选好食材，他们迈着矫健的步伐，重返自家庭院。谜底劲爆揭开了，他们每人要亮一手绝活，给爸妈烹饪一道家乡美食，跟爸妈舒舒心心吃一顿团圆饭。宁静的厨房咚咚呛呛热闹起来，火苗呼呼映红了军人英俊的脸庞。爸妈乐呵呵地自管端坐，动手的自然是兵儿子。

东北蘸酱菜鲜香欲滴。鲜嫩的精瘦肉剁成肉末入锅，卞龙配以尖椒、蒜末、香菜、豆瓣酱，调制成鲜美的调料；豆皮、黄瓜切块，菠菜、绿豆芽焯水，葱白、胡萝卜切丝，用豆腐皮随意包着盘时令鲜蔬，蘸一点调料，吃下去鲜脆浓香。

孔府大盘鸡活色生香。切块的土豆，手掰的青红椒，黄河柴鸡剁块，司崇昶麻利地加入料酒、葱段、姜片拌匀腌制。锅热放油，下蒜瓣、干辣椒、花椒和葱姜爆香。鸡肉放入翻炒，调入老抽、酱油、精盐、料酒和白糖。翻炒均匀后加入土豆、青红椒炒熟，中火炖煮至汤汁慢慢收干。

东北锅包肉色泽金黄。丁福建将新鲜的猪里脊肉改刀成大片，用精盐、料酒拌匀腌制后裹干淀粉。用水淀粉及少许色拉油调成稠糊，酱油、白糖、醋、味精、鲜汤、水淀粉等兑成滋汁。炒锅置火上，放入色拉油烧至六七成热,先将码好味的肉片与稠糊拌匀,一片片展开入锅中,炸至外酥里嫩。锅留底油,投入姜丝、葱丝炸香,下入炸好的肉片,烹入滋汁,翻拌均匀后起锅装盘,撒上香菜即成。

砂锅老豆腐软烂可口。清亮亮的豆油入锅与葱姜蒜瞬间爆香,刘玉国娴熟地挥动锅铲,将热油与五花肉片翻炒,在酱油、料酒、豆瓣酱、盐和糖的调汁中,加入老豆腐放进加好高汤的砂锅中,大火烧开转中小火煲,再添红彤彤的虾仁,再加入洗净的香菜。

看看手撕酱牛肉、清蒸黄河鲤鱼、蒜蓉豆角、凉拌藕片、酱爆排骨、大块羊肉摆满了一桌子。一家团聚的温馨随着香味飘逸,欢声笑语催开了爸妈的皱纹。思儿日久的欢聚时刻,幸福像花儿一样明媚绽放,融化成心底恒久的温暖。

3

航班在郑州新郑机场发出巨大的轰鸣,冲上了蔚蓝的天空,把航空港鳞次栉比的高楼踩在脚底,悠悠白云轻松地甩在了身后,载着满脸笑容的申天国、杨秋花夫妇,飞向秀美繁华的南国深圳。

马上就是祥和喜庆的春节了,零星的爆竹不停地炸响着喜悦,在这万家欢聚团圆的时刻,西南王村家家户户都准备着丰盛的年货,袅袅炊烟里飘送着馥郁的年味。

村民三三两两地提着自家特产,一袋红薯或两条鲤鱼,一串辣椒或半篮花生,送给申天国、杨秋花尝尝。礼轻情意重,这浓郁的乡情,包裹着农家说不尽的欢乐。

今儿个要赶飞机,杨秋花特意穿上了平时舍不得上脚、亮亮买的旅游鞋。穿上这双鞋，老人家的脚下，似乎立即装上了"风火轮"般轻快起来。申天国则是一如既往，穿着儿子留给他的浅绿色军服，虽然衣服略显褶皱破旧，但他穿在身上，还是感到了汩汩的温暖。

二老曾经抑郁的脸上堆满了笑容，沉甸甸的行囊里，装了些精心挑选的"四大怀药"，围拢在小院里的乡亲们，正在喜滋滋地帮着收拾。

"叔，婶儿，这要去大城市了，您二老可得好好散散心。"

"到了深圳，也给俺们捎个稀罕物来，让咱庄户人开开眼。弄个'佛跳墙'也不错。"

申天国自豪地挺挺胸脯，喜气地说："这去一趟深圳，就是回趟家，就跟回家一样踏实。"

邻居们都愣住了："咋，在深圳安家了？难道是咱西南王的蒸笼小，盛不下你们了？"

飞机从云层里倾斜下身子，迫不及待地从云朵里钻下来，来到了改革开放的"宠儿"——金碧辉煌的东方明珠。

一辆锃亮的轿车停在了接机口。接待人员彬彬有礼，将两位沾着一身黄河泥土的老人恭恭敬敬地请进车里。轿车穿越车水马龙的街道，在一栋摩天大楼前停下来，两双踩着泥巴的脚印，踏上了长长的红地毯，礼仪小姐笑眯眯地向老人献上芬芳的花束。

五位西装革履、风度翩翩的中年男人，大步流星地走到二老面前，笑意盈盈里，突然立正，郑重敬礼问候："爸爸，妈妈，欢迎回家！"

齐整整的恭敬，那态度恭敬肃穆，那气势亲密无间。礼毕，五个儿子立即搂住爸妈的肩头，将他们引入客厅。

采访中申天国告诉我："这是深圳一家金融投资公司的老总们，人家可是资本雄厚。老总们见了就喊'爸妈'，就说替亮亮尽孝。你做梦能想到吗？亮亮虽然牺牲了，在深圳特区，他们这么关心照顾俺，俺真是知足了！"

购新款衣服，吃南国美食，逛海岸美景，看锦绣中华。很少出远门的二老，在儿子们的精心呵护下，游玩得开开心心，生活细节被照顾得无微不至。

儿子们还郑重承诺：我们就是申亮亮！为二老尽孝，既是我们的责任，更是我们的荣耀！

多么慷慨激昂的话语！多么忠诚无悔的担当！

二老在深圳之旅备感温馨快乐，这不仅仅是对绿色长城的由衷拥护，也是对普天下烈士父母的崇敬！

4

> 等着我吧，我会回来
> 只是你要苦苦地等待
> 等到那愁煞人的阴雨
> 勾起你忧伤满怀
> 等到大雪纷飞
> 等到酷暑难耐
> 等到别人不再把亲人盼望
> 往昔的一切
> 一股脑儿抛开……

苏联诗人西蒙诺夫的诗歌《等着我吧》，由著名演员张国强和申亮亮烈士生前战友、维和部队军人万鑫、卞龙、司崇昶、丁福建、历明哲、吴培强共同朗诵，回响在央视《朗读者》栏目录制现场。

这一期节目的主题为：告别。

维和军人与家人、与祖国的告别，是如此的热血澎湃。每个人都做好了回不来的准备。为了维护国家和军队的荣誉，甘愿流血，甚至牺牲。无论多么危险，他们都觉得使命永远重于生命。

"总有一些事需要一些人去做吧！去做这些事可能意味着与死神较量、与危险硬拼、与邪恶斗争，意味着种种不确定性事件的发生。但代表祖国出征，是无悔的青春选择。"亮亮生前所在连指导员历明哲这样说。

亮亮的老班长司崇昶上士，亮亮的老排长卞龙少校回忆了亮亮执行维和任务时，如何果断地指挥射击、报告情况、推开战友、坚守战位到烈火中永生。他救下全体战友，牺牲后依然保持坚守战位、紧抱钢枪的姿势！这次告别，给战友和家人带来了无尽的伤痛。

观众无不为视死如归、满腔忠诚的申亮亮烈士唏嘘流泪！

　　等到遥远的家乡

　　不再有家书传来

　　心灰意冷

　　都已倦怠

　　等着我吧，我会回来

　　不要祝福那些人平安

　　他们口口声声地说

　　算了吧

　　等下去也是枉然

　　纵然爱子和慈母认为

我已不在人间……

"你要问是哪个国家，你问问，你不要上网查，你查呢，可以查。但查着了，有啥东西了，不要跟咱妈说，不要跟咱妈谈论，跟她说没事就行了……"

这是申亮亮在微信上留给姐姐海霞最后的声音，回响在央视《朗读者》节目上，让著名主持人董卿和观众泪目。

董卿泪花闪烁："很快就是清明节了。这是你们要去祭奠他的第一个清明节。当初没有能够预料到，那是一次诀别。所以，如果今天在现场，就作为一次告别的话，你们还有什么想对他说的吗？"

申海霞深情地说："好弟弟，忠孝不能两全。你为国家尽忠了，那么对父母的孝，姐姐我和哥哥来替你完成。你在天堂那边，照顾好自己就行了。你也要好好的，一家人永远都会想你的，放心吧。"

董卿缓缓地说："我记得在阿拉曼英联邦士兵墓地当中有这样一条墓志铭：对于世界，你是一名战士；但是对于我，你是整个世界。我们今天接下来的朗读，要献给亮亮的母亲杨秋花，要献给所有维和部队的战士们的母亲，向她们表达我们的敬意和慰问。"

纵然朋友们等得厌倦

在炉火旁围着

啜饮苦酒

把亡魂追念

你可要等下去

千万不要同他们一起忙着举起酒盏

等着我吧，我会回来

死神一次次被我挫败……

对于我们的维和战士来说，当国家需要他们奔赴战场的时候，我想没有一个人会说"为什么是我"，恰恰相反，他们永远抱着"为什么不是我"的那份坚定的决心，用自己的血肉之躯，保卫着人民的安全，维护着世界的和平，也向世界彰显了中国军人的忠诚和胆量。

雄壮的朗诵让演播厅回声环绕，主演过多部军旅热播剧《士兵突击》《我的团长我的团》的张国强，此时早已哽咽，潸然泪下。维和部队官兵更是声音洪亮、语调铿锵，这是在为自己、为烈士申亮亮讴歌壮行，更为捍卫忠诚与使命的维和部队官兵致敬：

就让那不曾等待我的人

说我侥幸

感到意外

那些没有等下去的人不会理解

亏了你的苦苦等待

在炮火连天的战场上

是你把我从死神手中拯救出来

我是怎样死里逃生的

只有你和我两人明白

只因为同别人不一样

你善于苦苦等待

第十七章　英雄归来

1

申亮亮牺牲的消息传来，李国父子俩抱头号啕大哭，一个比一个伤心。众所周知，在西南王村，申亮亮有两个铁杆"知己"，一个是怀山药种植大户李国，一个是李国的儿子李邦豪。

亮亮比李国小十岁。李国家老早就有小四轮，作为"小屁孩"的申亮亮一听到机器响，一猛子就扎到李国家，喊都喊不走，跟着李国捯饬机器。吃住都泡在了李国家里，半大点就开着李国的小四轮，嘭嘭嘭地下地打场犁地了。

亮亮比李邦豪大十四岁。亮亮去当兵时，李邦豪还是牙牙学语的稚童。亮亮探亲回来一头就扎进李国家。小邦豪已蹿高了一头。这家伙见到穿军装的亮亮，整天黏在一起，还偷偷地穿着大到腿弯的军装，神气地一跳一跳的，就差抱枪上阵杀敌了。

亮亮点头笑道："长大了你的理想是啥？"

"当军人，杀鬼子！"小邦豪做了一个冲锋的动作。

亮亮赞叹道："这家伙，瞧这虎头虎脑的，一开个儿，肯定魁梧高大的。天生是块当兵的料！部队最欢迎有志的热血青年，可你还小咧，等到18岁！我带你去部队！"

"那好，一言为定，将来我紧跟你，光荣入伍。"

面对申亮亮的满口称赞和儿子的神圣向往，李国却另有想法。作为家里的独子，李国夫妇对儿子是有期待的。能读个好大学，捧个铁饭碗最好；再不济，回家来搞怀山药种植，这么大个家业，当个小老板还不是妥妥的。

谁能知道，父子俩的想法竟然南辕北辙。

儿子的"从军梦"愈演愈烈。李国告诉我，这熊孩子瞒着家人，连找了亮亮两次，后来我们知道了，真感到后怕。可这家伙却满不在乎的样子，一门心思向往部队。

等到亮亮再一次探亲归来，李邦豪已经是个初中生了，一米九的个儿，爱打篮球的身板挺拔硬朗，弹跳一下直接扣篮。这时候，这家伙知道黏申亮亮了。

"给我讲讲部队的事儿？讲讲你那些大块头？"李邦豪成了申亮亮的"跟屁虫"。

申亮亮跟他那是无话不谈，可这次却又三缄其口了："部队有趣的事儿，一天就有三箩筐！跟你这小毛孩说十天八夜也说不完。我说小子，牵扯到部队的事儿，很多都是机密。你肯定不是坏人，可咱部队有纪律！"

话语中的神秘，更激发了李邦豪的好奇心，他自信地说："别忘了，我和你 18 岁的约定！参军入伍，就是我最荣耀的成人礼！"

2013 年暑假，正念初中的李邦豪，瞒着父母一个人跳上了开往东北的火车，去找亮亮和梦想里的军营。他辗转找到部队，亮亮此时却在抗洪一线，根本联系不上。李邦豪看着威武的哨兵和整洁的军营，心里无比激动。无奈只能形单影只地悻悻而归。

2015 年暑假，李邦豪再一次独自去找寻梦中的军营和知心人申亮亮，同样申亮亮外出执行演习任务，又一次阴差阳错地擦肩而过。

等到 2016 年的那个夏夜，申亮亮牺牲的噩耗传来，在西南王村的哀伤中，更多的是李国、李邦豪父子的泪水。失去了"知心人"后，李邦豪时刻把申亮亮的照片带在身上，那一刻，申亮亮成为他心目中的"大英雄"。申亮亮激励着他勤奋地学习功课，积极地锻炼身体，顺利地考入本地大学。可在他的心底，坚毅执着地咬定了"从军梦"。

2019 年征兵季，作为在读大学生，18 岁的李邦豪报名参军，回来后才告诉父母。李国早知道儿子的心思和梦想，如今梦想在他心中升腾，也只能在背后默默地支持他。

眼看一切顺利，心率快却成为体检的拦路虎。拿着体检单，白纸黑字，击碎了期待已久的"从军梦"。

儿子没有心脏方面的问题啊，就算不当兵，身体健康也是大问题。李国赶紧带儿子去市里、省里大医院复查，连换了几家省级医院，都是一切正常。你说说，这征兵体检的心率，到底在哪出了问题呢？一家人拿着一沓复查单，陷入了伤心郁闷里。

"来年，我还要报名参军！不到黄河不死心。"采访中，我在李邦豪家里，见到了这帅气阳光的大男孩。

我问："你家里不差钱，参军分配到艰苦地区，能吃下苦吗？"

长成大小伙子的李邦豪略显羞涩地说:"只要穿上军装,为国站岗,再艰苦的地方我都愿意去,能上前线冲锋最好。亮亮叔叔说过,生,穿军装;死,盖国旗,此愿足矣。这也是我的最崇敬的一句话。"

看着小伙子坦诚阳刚的脸盘,我的眼泪不觉间滑落,我们新一代的00后,多浓郁的家国情怀啊,让人敬佩!

2

"嘟嘟嘟……冲啊……嘟嘟嘟……"冲锋枪的响声,从孩子稚气的嘴里发出。一瞬间,申天国的农家小院,成了乡村孩童嬉戏冲锋的火热战场。

孙子申航抱着玩具枪、戴着小军帽,神气活现地与几个泼小子,在玩打仗游戏,而孙子扮演的正是解放军。活蹦乱跳的孙子因为要歼灭反方,瞬间变成了一只小老虎,威风凛凛地一溜飞奔。眨眼间带翻了垃圾筐,一会儿踢飞了小板凳,忽而又撞歪了大花瓶,弄得一树冬青花枝乱颤。可反方也同样狡猾,仓皇一路逃窜。

杨秋花慈爱地数落:"这熊孩子,一天到晚瞎扑腾,就不能安生安生……"

申天国似乎陶醉其中,默默挥手制止住她,就这样怔怔地看着孙子,幸福洋溢,鼓励的眼神让孙子有恃无恐,脚底虎虎生风,眼神里胜利在握,跑起来咚咚作响,更加风驰电掣了。

"像,真像!看看咱大航,怎么和小亮像一个模子刻的?"申天国似乎沉浸在回忆里,怔怔地对老伴说。

杨秋花看看老伴，再看看孙子，是像。"侄子仿叔，这是多正常的事儿。特别是眉眼，那笑，和小亮最像。这孩子，跟你学会了，一看到打仗的事儿，那精神头就来了。"

申天国此刻也挺直了身板，身上的浅绿军装也支棱起精神，定定地说："我刚才打个盹，小亮就来到我面前。我也立即成为一个兵，跟在他身后，大踏步地走着。这身后，就跟着我这大孙子！我感觉这小家伙有亮亮的冲劲！"

杨秋花伤感中自豪地说："儿子去了，你也老了，要想当兵报国有待孙子了。"

申天国意味深长地说："老骥伏枥，志在千里。我感觉我宝刀未老。当年俺父亲能推独轮车支援解放军，自己饿一天肚子也不舍得吃半颗军粮；再看亮亮，为了掩护战友、坚守战位，壮烈殉国！"

"我感觉小亮的责任就放在了我的肩头，我就是一个老兵。我不给党和政府添麻烦，年老犹有雄心在，也要发挥好余热，为社会做力所能及的贡献！不给国家添任何麻烦。"

当年申亮亮牺牲后，部队和地方政府反复问二老，有什么要求，尽管说出来。申天国老两口始终就一句话：

"没有任何要求。亮亮不仅是我的儿子，更是党的好儿子，部队的好战士。他为国牺牲，是他的职责和岗位，应该做的。"

决不向国家和部队提任何要求！这就是这个普通的黄河岸边的农民听到儿子牺牲的消息后，在极度悲痛中最朴素的想法。儿子为国捐躯，死得其所！儿子为和平使命献身，慷慨悲壮！

申天国家门前的路，被村民称为"英雄路"。他常常站在门前望去，大幅墙标醒目："人民有信仰，国家有力量，民族有希望。"

第十七章 英雄归来

更巨幅、赫然醒目的，以"英雄"为主题的壁画，勾勒出新时代磅礴的伟力、宏伟的神采、奋进的喜悦，让人激情四射、血脉偾张。几行健硕的文字雄飞高举，不由得让人驻足注目：

"在中国历史上不乏这样一群人，他们在国家危难之际挺身而出！在民族大义面前舍生取义，在同胞受难之时惩恶扬善！在黑暗当道年代为人民带来希望！他们，就是英雄！英雄是一个民族的脊梁，在动荡的岁月中，他们宁可抛下一切荣誉、利益、身份甚至生命去维护秩序，带来和平。他们继承并发扬着中华民族英雄辈出的血脉生生不息，载有他们的史册，永远都是充满光辉的一页！"

"杀！"孙子又抱着玩具枪从他眼前冲过去，打断了申天国的思绪，他此刻拦住了孙子，在孙子狐疑的目光里，喊道："立正！我看你到底像不像一个解放军战士？"

孙子抱住玩具枪，煞有介事地双腿靠拢，扬起了头。帽子有些偏了，爷爷给他扶正；衣服领子没有扣好，爷爷给他扣齐。爷爷指着墙上照片说："看看你叔叔抱枪冲锋的战场，你长大了，也要义无反顾冲上去！怕吗？"

"才不怕呢！杀敌人，一梭子子弹，撂倒一大片；一颗手榴弹，炸掉猪头小队长。"

申天国笑着说："孩子啊，现在还是拼刺刀的时候吗？打的是脑子！是高科技，天上飞的，地下跑的，运筹帷幄之中，决胜千里之外。先好好学习，将来追随你叔叔的脚步，参军报国！我支持你！"

"好好！叔叔是我心中的大英雄，我也要当解放军，杀敌人！"孙子又意气风发地跑开了。申天国看着照片中的儿子在向他微笑着，脸上的也绽放出舒心的笑容。

3

2019年5月上旬,吉林市北山烈士陵园,出征西非马里前夕,第七批赴马里维和工兵分队队员卞龙和战友们手捧鲜花,敬献给维和烈士申亮亮,致庄严军礼。

作为申亮亮浴血战场的生死兄弟,卞龙特意在胸前挂上获颁的两枚联合国"和平勋章"。他豪壮地告诉亮亮,自己顺利入选第七批维和工程兵分队,即将再次踏上西非维和战场,去履行和平使命。

"亮亮你安息吧,我们会沿着你光辉的足迹前进,用忠诚和鲜血,听从党和祖国的召唤,履行和平使命!"

从军10年来,被战友们称为"龙哥"的卞龙,2014年、2016年两次参加国际维和部队,并获得联合国二级和平勋章,荣立二等功1次;6次参加抗洪抢险,荣获三等功2次;他还被评为"舒兰好人""江城好人""吉林好人"。

组建第七批赴马里维和任务刚下达,卞龙就郑重地向旅党委递交了志愿书,却遭到了首长的果断回绝。"你的听力就是在那儿被震伤的,你还要去?你有双侧鼓膜穿孔的旧伤,现在的鼓膜很薄,也不适合长途飞行。"

卞龙恳切地说:"这次,恳请组织批准!第四批维和的伤痛让我刻骨铭心,我们立体中队的申亮亮壮烈牺牲,司崇昶负重伤,我们7名同志负伤,他们都是我最好最好的战友、最好最好的兄弟!我也因负伤半途抱憾归国,可几年来我一直在想,是我没有照顾好他们,我轻伤就下了火线。我心里总有很大的遗憾。后来凝郁成一个结、一个坎，一道看不见的伤痕。只有到了维和战场上履行好使命，才是对烈士和战友最好的告慰！"

首长看卞龙一腔忠勇热血，不觉间热泪盈眶。但他依然毋庸置疑地说："你上次双侧鼓膜穿孔，听力严重受损，虽然已经康复，还是修养身体要紧！想法值得表扬，等旅党委慎重研究吧！"

不建议去的不仅是旅首长，还有卞龙的家人。

平时卞龙忙于军营事务，顾不上家，妻子任晓雪独自带一岁多的儿子，打理家务，忙得实在晕头转向，不得已请来岳母帮忙。卞龙的父母年纪大了，也难得去看一趟，平时也只是打电话问候。

当卞龙和爸妈说出自己的想法时，爸爸说："儿子，咱爷儿们这条命也是捡回来的。咱穿这身军装，部队要求咱去，咱必须去；如果没要求，你想去就去吧。"

卞龙说："爸，我的命是捡回来的，也是亮亮换回来的，这可能是我最后一次参加维和的机会了，我不想留下遗憾。"

妻子任晓雪得知卞龙的想法，没有直接反对，却反问："这么多战友，非得你去吗？知道上次你在马里受伤那一夜，我的魂儿都掉了，幸好亮亮守住了营门……太危险了！要不然……"

卞龙眼噙热泪，却坚定决绝地说："习主席教导我们做新时代'四有'革命军人，如何体现'有灵魂、有本事、有血性、有品德'？危险是大，可使命必达！上次受伤回来，亮亮牺牲、司崇昶重伤，心里留有很多遗憾，是埋在我心底里的痛。这次，我是铁心想去！"

妻子不再说什么，算是默默地支持吧。抚养儿子、照顾老人的责任，全都落在妻子身上，卞龙也感到了很深的内疚和亏欠。可维和任务就是动员令，卞龙立即感到使命在肩，身负家国情怀，迎着困难上，军人的血性让他毫不犹豫地挺身而出！

作为军嫂，从来卞龙说到部队的事，她都无条件支持，从来闭口不提自己的不舍和心酸。也有伤心落泪的时候，也有痛苦思念的长夜，她都默默地独自承受，留给丈夫的，始终是安静平和的笑容。这也是普天下军嫂的奉献和付出吧。

现在，全旅指战员热情高涨，申请志愿书如雪片飞来，眼看旅首长根本就没打自己的卦，卞龙真是忧心如焚。他干脆来了个"软缠硬磨"，那是"吃了秤砣——铁了心"，我就要到维和战场上去！

旅首长含泪应允，那就比武论英雄吧。

就这样，卞龙一路过关斩将，凭着过硬的军政素质，毫无悬念地入选维和"大名单"，顺利地踏上了西非马里的土地。

出发前，卞龙去北山烈士陵园看了亮亮，将自己的肺腑之言说给亮亮听。他又来到了小商品批发市场，买了些书包、足球、文具等，将微薄的心意，送给非洲小朋友，带去和平关爱的阳光，让友谊种子在这块土地上生根发芽。

第七批维和工兵分队出发前，卞龙早早准备了理发工具。既然战友们喜欢自己理发，他就应该义不容辞，就算苦点累点，跟战友们在一起，心里总是甜的。

4

2019年春，当第七批赴马里维和的任务下达后，申亮亮生前所在的31692部队，战友们踏着申亮亮的足迹，掀起了递交志愿书、请求去维和的高潮。在申亮亮生前所在连，每天点名的时候，第一个喊："申亮亮！"全体同志齐声回答："到！"

申亮亮生前所在连连长李常远，在亮亮牺牲时，他坚守在50米外的另一处哨位上。爆炸的硝烟会时常翻滚在他的脑海里，部队临危不乱地处置了一起自杀式炸弹袭击，申亮亮用生命保护了战友们的安全，避免了更大的损失，让他更刻骨铭心地理解了英雄的真正含义。

第七批赴马里维和组织报名时，李常远的儿子刚满3个月，妻子身体虚弱，正是需要照顾的时候，面对家庭和使命的天平，李常远来到了连部的申亮亮纪念厅，看到了申亮亮炯炯有神的眼睛，身抱钢枪的姿势如此英姿勃发。他又一次落泪了。

"如果我想去维和，你愿意让我去吗？"李常远跟妻子说了自己的想法。

妻子愣怔了一下，看看嗷嗷待哺的孩子，认真地说："说句实话，我真的不愿意你去，你看看咱们的小宝宝，需不需要人照顾？我一个人难免顾手不顾脚的。但你是一名军人，如果祖国和部队需要你，我纵然有很多的不舍，还是会全力以赴地支持你！没有国哪里来的家。"

妻子的支持让李常远泪落纷纷，使命和荣耀让他义无反顾地递交了志愿书。

李常远告诉我说："亮亮牺牲时，我是他并肩战斗的战友；现在，我是他生前所在连的连长。这次维和，对我有更特殊的意义。我想再踏着他的足迹，继续走英雄走过的路。"

在申亮亮纪念厅，李常远意外遇到了二级军士长曲锋，作为修理连"台柱子"的曲锋，跟申亮亮是"老搭档"，同为"一专多能"的老兵，那是无话不谈的知己，如今亮亮的壮烈牺牲，让曲锋坚定了踏着英雄的足迹，再赴马里执行第七批维和任务的决心。

作为二十年的老兵，曲锋被称为装备修理的"教科书"。在申请书里他豪迈地请求："我是大队最老的兵，我更要向亮亮一样，坚定信念，率先垂范，用自己这么多年学到的本领，把大队的装备修好、管好！"

很多人劝他，你这老同志了，没必要上维和一线了，给年轻战士让让路。可每到装备维修时，各种各样的毛病纷纷出现，为保证装备核查顺利通过，曲锋整天扎在装备堆里，逐台装备过筛子。常常一身油污、泥土，灰头土脸的，汗水从帽子的边沿不断向下流淌，迷彩服的肩头泛着白色的盐渍。

采访中曲峰果断地说："我累点脏点没啥，装备可不能出半点纰漏。这是严酷的战场，如果我们保障不到位，让装备'趴了窝'，耽误了任务，那我们修理人员，岂不成了吃干饭的啦？"

马里当地时间 2019 年 7 月 22 日下午 4 点，加奥机场，气温 45 摄氏度，天空时而晴空，时而乌云。

两辆装甲车一直在机场入口保持着高度的警戒状态，站在装甲车上的第七批中国维和工兵分队警戒人员全身已被汗水湿透，唯一干燥的地方就是那隔着钢板的防弹衣，入口往里百余米处就是中国工兵分队执行施工任务的场地，挖掘机、多用途工程作业车正在如火如荼地开展作业。

突然，远处传来两声枪响，当警戒人员还没来得及确定报告的情况下，又传来了枪响，随后传来了一声巨响，远远地看到硝烟冲天。这么近的距离，如果再有爆炸袭击，会严重威胁施工现场的安全。中队长杨雨飞果断下令，所有人员立即上装甲车，开往隐蔽位置，尽快远离危险区域。

装甲车一直未曾熄火，驾驶员马广野立即掉转方向，载着施工人员开往后方隐蔽集结地点，高射机枪朝向爆炸方向，做好了警戒射击准备，施工中队有序撤离危险区域，安全地回到营地。

这样的袭击和惊险，在这片动荡不息的土地上，时常就会上演。而我们的维和战士就这样坚守着和平使命，在战火中放飞和平鸽，去抚慰这块灾难深重的天空。

5

蓝色贝雷帽神采奕奕，荒漠迷彩服英姿勃发，维和部队方队迈着整齐铿锵的坚定步伐，他们代表无数奉献热血和青春的中国维和卫士，昂首阔步走过天安门。惊艳了2019年国庆70周年阅兵式，世界惊叹，国人欢腾。

中国是安理会常任理事国中派出维和部队最多的国家，被国际社会誉为"维和行动的关键因素和关键力量"。中国历来崇尚和平，特别是近代以来，饱经沧桑的中国人民深知和平的珍贵，因此，维护世界和平的决心更加坚定。

中国维和军人，他们头戴天蓝色钢盔或蓝色贝雷帽，上有联合国英文缩写"UN"，臂章缀有"地球与橄榄枝"图案。与爆炸相伴、与袭击相邻，在枪声中入睡、被炮声惊醒……面对危险，他们赴汤蹈火，绷紧心弦。面对难民，他们卸下防备，铁汉柔情。

中国维和军人恪守"合法、同意、中立、最低限度使用武力"原则，用热血和生命，把和平的光芒带到世界上渴望和平、需要和平的地方，始终以高度负责的态度、精湛过硬的技能和真诚无私的行动履行职责使命，为饱受苦难的人们撑起一片和平的蓝天，彰显中国"爱和平、负责任"的大国风范，展示出中国军队"威武之师、文明之师、和平之师"的良好形象。

联合国负责维和事务的副秘书长拉克鲁瓦指出："中国维和军人的素质给我留下深刻印象——高素质的军人、高水准的装备，堪称一流。中国对维和事业的贡献，值得大书特书。"

中华民族是一个爱好和平的民族，历来崇尚"和为贵"。中国人自古就推崇"协和万邦""亲仁善邻，国之宝也""四海之内皆兄弟也""远亲不如近邻""亲望亲好，邻望邻好""国虽大，好战必亡"等和平思想。爱好和平的思想深深嵌入了中华民族的精神世界，今天依然是处理国际关系的基本理念。

资料显示，70多年来，逾100万人员集结于联合国维和的旗帜之下，联合国维和行动帮助许多国家从战争走向了和平。直接影响了亿万人民的生活，保护了世界上最脆弱的群体，拯救了不计其数的生命，维和人员做出了巨大的牺牲。

2019年2月初，一场"中国风"在美国纽约联合国总部浩荡，"维护世界和平的中国军队"展览，吸引了全球爱好和平人士的赞叹。

联合国维和行动部发言人尼克·伯恩巴克称赞道："中国维和官兵训练有素，始终表现出色，能够随时进入维和任务区，圆满完成各项复杂任务。"

联合国维和行动部新闻官阿迪蒂亚·迈赫塔说："中国维和部队能高效地完成各项任务，他们技术精湛、作风优良、纪律严明，展现了良好形象,在任务区树立了典范。"

中国维和成绩单亮眼:自1990年以来,共派出维和人员4万余人次,主要以医疗、工兵等为主,实现了人数从少到多、兵种从单一到多样的跨越,参与维和任务区道路修建工程1.3万余公里,运输总里程1300多万公里,接诊病人21.6万多人次,排除地雷及各类未爆炸物1万余枚,运送各类物资器材135万吨,完成武装护卫巡逻任务600余次。

包括人民英雄申亮亮在内,有近20名维和人员壮烈牺牲。他们倒在捍卫世界和平的征程里,值得全人类永远铭记。他们是维护世界和平的铁血赤子,是中国军队高高屹立的不朽军魂。

2019年5月31日,是申亮亮烈士牺牲三周年,在烈士家乡,在亮亮生前所在部队,在西非马里第七批维和工兵分队,同时举行了纪念仪式。庄严的国歌声在中原腹地、松花江畔、西非马里响彻晴空,恭敬地敬献花篮,悲痛地送上白花,庄严宣誓:赓续烈士精神,重整行装再出发。

一群和平鸽在蔚蓝的天空里翻飞,衔来无数的橄榄枝,在蔚蓝色的地球家园,和平的丽光熠熠生辉,飘来《联合国维和部队进行曲》……

  我们携手并肩迈向前,
  我们大义凝聚成光芒;
  行从严谨,维从使命,
  生命之光,亮之有方,
  我们为文明永恒载希望!
  ……

附：给亮亮的一封信

亮亮：

我的好兄弟，每年的这一天，我们都格外想你啊。

"5.31"那一夜，冲天火光打破了宁静的加奥夜空，却让你的样子在我们的心中定格为永恒。

我们又来到曾和你并肩作战的马里维和任务区了，我们想给你写封信，告诉你我们的祖国上下一心，现在家里人一切都好，而且也很想念你，第七批赴马里维和征程很安全顺利，我们会一直替你完成好守护和平的愿望直至任务期结束。

亮亮，你是我们这个集体培养出的优秀维和勇士。如果没有你的预警，很难想象会有怎样的严重后果，正是因为有你在那紧急的37秒中做出牺牲奉献的生死抉择，才让我们这些维和战友得以免遭恐怖袭击，我们打心底里感激你，这种战友情谊是我们永远的人生记忆。

亮亮，我们被联合国授予了"和平荣誉勋章"，联马团团长安纳迪先生和驻马里大使朱立英先生为我们戴上了这一份荣誉。我们用实际行动兑现了曾经的维和誓言——"以中国标准、中国速度完成维和任务，树好中国维和军人的形象"。

千言万语也道不尽对你的思念，亮亮，请你放心，余下的维和征程中，我们会确保自身健康安全，继续履行好维和使命，我们定将不畏艰难险阻，不怕流血牺牲，为世界和平贡献力量，为中国蓝盔增添荣誉。

此致

敬礼！

怀念你的维和战友们